JN081989

蕎麦湯が来ない

せきしろ
又吉直樹

せきしろ

険しい顔でチラシを配るネパールの人

又吉直樹

この海で自分だけ靴下をはいている

せきしろ

レジ袋越しにニラが見える

又吉直樹

王将の看板より高く上がった白い袋

売出

又吉直樹

棄てられなかったから無くなって良かった

せきしろ

子供の足跡をまず消す雪

又吉直樹

カツ丼喰える程度の憂鬱

せきしろ

小さいじゃがいもともっと小さいじゃがいも

スナック菓子の袋がパンパンになって知る

又吉直樹

煙草を吸う人達の円陣

せきしろ

ベランダから神輿を見下ろす寝起き

又吉直樹

石の形状に逆らって座っているから痛い

又吉直樹

替えがないから汗吸った寝巻きでいる

わざとだと知っているがもちろん言わない

又吉直樹

夢に侵入してくるテレビの音

せきしろ

おかしいな誰もいない

自転車を除く
7－9
16－18

水面に太った男が映っている

私が今住んでいる町から、大きい公園に行くとしたら選択肢はふたつある。ひとつは井の頭公園で、もうひとつは善福寺公園だ。どちらも距離は同じくらいで、徒歩で十五分といったところか。

どちらにも長所と短所があり、井の頭公園は吉祥寺の街のそばにあるから、公園を堪能した後に、あるいは予定を変更して何か食べに行ったり買い物したりすることができる。一方、善福寺公園は住宅街に囲まれているので公園以外何もない。公園を楽しむだけの大変ストイックな状況になる。ただ、井の頭公園は若者が多いが、善福寺公園にはいないため、騒がしくなく、聞きたくない歌声を聞かされることもない。

どちらの公園にもボートに乗れる大きな池があるが、私はボートに乗ることはない。白鳥の形をしたものではなく、オーソドックスな漕《こ》ぐタイプのものには乗ったことすらない。泳げないので落ちた時の恐怖しかないのだ。

そのため私は池を眺める専門である。特に景色が水面に映っているのを見るのが好きで、それには池の周りが開けている善福寺公園の方が良い。空が映り、木が映る。善福寺公園の方が池の傍《そば》まで行きやすいため、池の向こう側にいる人が映って見えることも多い。

特に晴れた日は水面に景色がはっきりと映り、水面が揺れるとそれらも揺れる。私はそれだけをただただ眺めている。その光景から有名な絵画を思い浮かべるが、それがモネだったかマネだったかミネだったかミロだったか思い出せない。ミネは峰竜太しか思い浮かばないから選択肢からすぐに消える。ミロは飲み物を想像させるが、可能性はなくもない。

その日は太めの男がいた。男は池のギリギリまで近づき、中を覗《のぞ》き込んでいて、その姿が池に映っていた。男がしているサスペンダーまではっきりと映っている。男はちょっとでも何かの力が加われば池に落ちてしまいそうだ。もしもあの男が池に落ちたら、どうやって助けようかと考える。陸からあのサスペンダーを掴《つか》み、引っ張り上げれば良いか。いや、待てよ。引き上げようとしても、サスペンダーがどんどん伸びるだけで助けられないか。

助けられずに慌てる私と伸びに伸びたサスペンダーも、きっと水面に映るのだろう。

誰も取らなかったピックの軌道

十代最後の夏、人気ミュージシャンが多数出演する数万人規模の音楽祭のチケットを知人から譲り受けたので、一人で横浜まで観に行った。

僕は芸人として歩みはじめた時期で、爆発的な集客を誇るミュージシャンに対して劣等感を募らせる一方で、よくこれだけ大勢の他人を前にして唄えるなと同情もしていた。僕は、親戚が七、八人集まっただけで口を開く気が一切無くなってしまう性質だった。

新しいミュージシャンが舞台上に登場するたびに、もし自分がこの音楽祭に出演していたとして、登場時に観客が無反応だったら、恥ずかしくて死んでしまうのではないかと不安に思った。それは恐ろしい想像だった。僕は新しい出演者が登場するたびに固唾《かたず》を呑《の》み、どうか大きな反応がありますようにと願った。

もちろん、一定の人気が無ければ出演すらできないイベントなので、ほぼ無職だった自分のような存在が心配することではなく、そんな優しさは不要だった。かつて海援隊が、「人は悲しみが多いほど　人には優しくできるのだから」と唄ったが、僕の日常は悲しみにまみれていたのかもしれない。

イベントの中盤辺りに、若いバンドが出演した。彼等もまた大きな歓声と拍手で迎えられ、演奏も大いに観客を盛り上げた。その光景は僕を安心させたが、一点だけ気になる問題があった。ギターの男性メンバーがピックを客席に投げ過ぎるのだ。初めは観客も「キャー」と声をあげ両手を広げてキャッチしたが、彼は曲が終わるごとに、いや、それどころか、曲の合間にも隙があればピックを観客に投げ続けたので徐々に雰囲気は重くなった。その行為は過剰なサービスの域を超えて、狂気さえも感じさせた。

このイベントは、全ての観客が彼のファンというわけではない。途中から彼が投げるピックに誰も反応しなくなった。僕が彼なら羞恥で死んでいたと思う。それでも彼はやめなかった。途中から僕は観客に腹を立てた。僕なら取る。腕に血管が浮き出るほど全力で手を伸ばし、指先に全神経を集中して、取る。そして、喜ぶ。

帰り道、最寄りの駅で母親らしき人物と一緒に電車で帰る彼を見た。その姿を僕は羨望と同情が混在した複雑な感情で見送った。あの誰も取らなかったピックの軌道はどこへ続いたのだろう。

Team 1 2 3 4 5 6 7 8 9 10 11 12 Tota

せきしろ

ナイロンジャケットの擦れる音が耳に残る

風が吹いている夜。見上げると雲の流れるスピードが速く、月が見え隠れしている。私は終電を逃し、お金も使ってしまったので徒歩で帰宅していた。

酔っ払いも、ホステスも、残業終わりの人も、スケボーに乗った若者もいなくて静かだ。風の音がするが、それよりナイロンジャケットの擦れる音が耳に残る。

暗い道で自動販売機がただ光っていた。それはヤクルトの自動販売機で、ミルミルを買おうかどうか迷った末、買って飲んだ。「ああ、こういう味だったなあ」と思い出しながらすぐに飲み終わり、横にあったゴミ箱に捨てた。

再び歩きだそうとした時、十メートル先くらいを何かが横切った。私はビクッとして足を止めた。それはすぐに路駐してあった車の陰になって見えなくなった。

私はその場に立ちすくんで今見た物体の正体をしばし考えた。猫が走るくらいのスピードだったが、猫のような形にも動きにも見えなかった。何だったのかを想像するたびに怖くなり、臆病になる。

よくホラー映画の場面で、何か起こりそうな方へわざわざ行く人がいたりする。行かないと物語は進まないことは置いといて、あれを観るたびに「行くな！」と思う。行って、悲惨な目にあって、「ほら、だから言ったのに！」と思う。自分なら絶対に行かないと何度も決意したものだ。

しかし私は確かめようと近づき始める。恐怖もあるが、それより「怖いものではなかった」という安心感が無性に欲しくなったのだ。ホラー映画の登場人物の気持ちが少しわかった気がした。

意を決し車の陰を覗き込んだ。そこには紙袋があった。茶色で無地のオーソドックスなものだった。それが夜風に押され移動したようだ。風がまた吹き、タイヤで進路をふさがれた紙袋はガサガサと音をたてた。

ということは、私は紙袋に恐怖を感じていたことになる。これは恥ずかしい。慌てて私は辺りを見渡した。誰もいない。よかった。こんな姿を一部始終見られていなくて本当によかった。

夜道で見間違えたといえば、以前紙幣が落ちていると思い喜び勇んで駆け寄ったら葉っぱだったことがある。タヌキに化かされた気分を味わったのはその時が最初で最後だ。

そこからだと月は見えない

突然、後輩から電話があった。数年前は毎日のように顔を合わせていたから随分久しぶりのように感じた。最近は劇場で会うと「また飲みにいこう」とは言うものの、なかなか実現していなかった。このタイミングでの電話は嫌な予感がする。

下北沢の中華料理屋に一人でいることを伝えると、会うことになった。後輩は店に着くなり、「実は相談がありまして……」と重い口調で話しはじめた。後輩は数年前にコンビを解散したあと、一人で活動を続けていたが、演劇に出演する機会があり、お芝居の面白さと厳しさを痛感し、本気で役者をやりたいという気持ちが強くなったらしく、その一方で芸人を続けたいという気持ちもあるという。

僕は両立を提案したが、芸人のままだと、演劇の世界の人達から甘やかされてしまうことが本人は嫌なようだった。真っ直ぐな目で「僕ちゃんと怒られたいんです」と訴える後輩の熱い言葉が、隣のテーブルの男女に変な意味で解釈されていないか少し気になった。

ようするに、役者と芸人どちらを選ぶべきか自分では解《わか》らないから僕に決めて欲しいということだった。人の人生を先輩とはいえ決めるのは簡単なことではない。

僕は少し酔っていたこともあり、「ここ数年で一番自信のあるギャグを見て判断させて欲しい」と後輩に言った。彼はそこから、一滴も酒を飲まずブツブツ独り言を呟《つぶや》きながらシミュレーションを始めた。

店の外に出ると人通りが少ない場所まで二人で歩いた。彼がストレッチを始めると、道行く人は喧嘩《けんか》でもするのかと怪訝《けげん》な表情で通りすぎた。

覚悟を決めて「行きます」と彼が言うと泥酔したカップルが横を通り、また仕切り直すということを数回繰り返した。

そして、ついに二人で向き合った。空には月が出ていた。彼は瞳孔が開ききった顔で、両手を羽ばたかせ、『蝶々《ちょうちょ》〜蝶々〜、情緒が不安定〜！』と大声で叫びながら路上に倒れた。彼は目を見開き涙を流していた。

そして寝転んだまま僕のジャッジを待っていた。僕は後輩に近寄り、「いい劇団紹介するわ」と最初から決めていた言葉をかけた。すると彼は、大声で「お〜い！」と叫んだ。今のところ彼は芸人を続けている。

濡れた路面の油を見る

土産屋の暗さと店員の眼光

後部座席からずっとこっちを見てる子供

茶髪の夫婦が大笑いしている

長細い家で思い出した
湯に浸かり滲む靴擦れ
フタに注いで吸う
何かが死んでいるかもしれない臭いがする

三足千円の靴下を迷う少女

歯医者の紙コップから水が溢れない

小額切手がたくさん貼られている封筒が届く

母と娘と不動産屋が歩いている

赤飯から払った虫が煮物にいる
担任の私服におびえる
高い水が不味い
ユニオンジャックの水着が来た

修学旅行のバスから見られている

警備員バイトの私服が入っている鞄と蝶

五時の鐘がよくきこえる場所を教えられた

悪い人ではないと言われている人が来た

円
/18L
Self
9

pokka sapporo

唾の音するホイッスルが鈍い
関係者席だから立たないだけ
第一走者の親が謝っている
海の家まで運ばれてきた砂

犬小屋の中が暗い

アウトドアの服を着た女が痩せている

MIZUNOの鞄に苗字が刺繍されている

散らかった出窓が見える

又吉直樹

賞味期限切れの一味ならある

手を振り返せないから急ぐ

来た来た来た来たと囁かれている

サイドスローのＯＢがまだ投げない

せきしろ

ますのすししかない

目の前の駅弁を見つめながら、その時が来るのを待った。もしかしたら「みなさんが静かになるまで五分かかりました」と言うのをじっと待つ校長先生ってこんな感じなのかもしれないな、なんてことを思った。

新大阪へと向かう新幹線は東京駅を出て数分でスピードを落とし、やがて止まった。ドアが開く音がして、人が乗り込んでくる。隣に誰か来るかと身構えたが誰も来なくてホッとする。ドアが閉まり、新幹線は再び出発した。そう、まだ品川なのだ。

十数分前、私は東京駅で駅弁を買った。多種多様な駅弁が所狭しと並べられている店。『ますのすし』しか残っていないという状況ではない。そんな混雑した店で、外国の旅行者とサラリーマンの隙間から、カートに注意しながら駅弁を選んだ。日本中の弁当があるが、ここで東北の弁当を買っても仕方ない。いや、仕方ないってことはないが、それはずるい。いや、ずるいってこともないか。なんとなく駅弁は今居る場所のものを買う、例えば東北の駅弁は東北で買うべきだという信念が昔からあり、私は東京の駅弁を購入した。

車内で駅弁を食べるという行為には非日常感が必要不可欠である。そうでなければ旅気分は生まれない。よって駅弁は車窓の景色が見慣れたものではなくなってから食べるべきだ。すぐ食べ始めてしまったら元も子もなく、乗ってすぐ、蒲田あたりの景色を見ながら食べるなんて山手線で食べるのと変わらない。ただの日常だ。もちろん動く前に食べ始めるのは言語道断だ。だから私は駅弁解禁のその時をじっと待っていたのだ。

せめて小田原は越えてから食べたい。とはいえ弁当を選んでいた時点ですでに空腹であり、目の前に弁当があると空腹感はさらに増す。食べようか？　だめだ、ここは我慢だ。静かになる前に話す校長先生などいない。

しかし、空腹には敵《かな》わず、非日常とかどうでもいいんじゃないか、などという考えが浮かび上がり、駅弁は食べたい時に食べるのが一番だと自分を納得させ、私は弁当の包装紙を雑に開け、一心不乱に食べ始めてしまった。食べ終わった頃にはまだ新横浜に着いていなかった。もう少し我慢すれば良かったかなと後悔して、すぐに忘れて寝た。

ちなみに帰りはすぐ食べて良い。最初から知らない景色だからだ。

米国式のウインクを教えられても困る

相方の綾部が今年（二〇一七年）の春から活動の拠点をニューヨークに移すと発表した。その二ヶ月程前、いつも通りテレビ局の楽屋に入ると綾部が一人で椅子に座っていた。普段と比べて楽屋の照明が少し暗かったので、相方が何かしらのムードを作っているということは直《す》ぐにわかった。僕が椅子に座ると、綾部は「前から言ってた通り、ニューヨークで勝負するわ」と当たり前のように言った。

「いや、正式には言ってなかったわ」とか、「雰囲気出しすぎやろ」とか、「何分前から待っててん」など様々な言葉が頭を駆け巡った。僕が「ええんちゃう」と言うと、綾部は「まあな」と謎の言葉を口にした。

僕と綾部は吉本の東京の養成所での同期だった。

春に入学して間もない頃、学校帰りに駅前で綾部が立っていた。綾部は僕に、「あのさ、一通りみんな見たんだけどさ、面白いの俺と又吉君くらいだから頑張ろうよ」と言った。「お前誰やねん」とか、「雰囲気出しすぎやろ」とか、「何分前から待っててん」など様々な言葉が頭を駆け巡った。そこから意識して綾部を見てみると確かに面白かった。養成所を卒業して直ぐに綾部は当時のコンビを解散しピン芸人になった。その数年後に僕も同級生と組んでいたコンビを解散した。新たにコンビを組もうと誘ってくれた数人のなかに綾部もいた。大阪の友達からトリオでやろうと誘いがあった。それを綾部に相談すると、「絶対、トリオはむいてない！　コンビの方がいい！」と熱弁をふるわれたので、この人は本気で自分とコンビを組みたいと考えてくれているんだなと思った。友達の誘いも断り、いよいよ綾部と組もうと決心を固めた。すると、綾部から「もしかしたら、秋からピンでレギュラーが決まるかもしれないから、もし決まらなかったら組もう」と言われた。

「自分から誘っといてなんやねん」とか、「他の人の誘い全部断ってもうたで」とか、「あっ、一人になる」などいろんな言葉が頭を駆け巡った。草野球なのにドラフトを真剣に待つような意識は綾部の美点だと思う。そんな綾部が、アメリカに行きたいと言い出したことに関しては相方としては不思議ではないし、応援したい。ただ、まだ行っていないのに既に十年程住んでいたかのように楽屋でアメリカのことを教えてくるところは本当に苦手だ。

何の勝負だ

電車に乗っていた。次に出る予定の単行本の打ち合わせに向かうためだ。

席は空いてはいたが、ガラガラというわけでもなく、人と人の間に低姿勢でわざわざ座る気にもなれず、電車のドアにもたれ掛かるように立っていた。私はもちろん進行方向を見るようにして立った。

ドアに挟まれた手が痛そうなイラストが貼ってあるガラス越しに景色を見ていた。自分とは無縁のスーツ店、一度も行かないと思われる美容室、マンションのすぐそばにある墓地、通っている人が全員笑顔である自動車教習所の看板などが次々と流れていった。

昼休みの専門学校生たちも見えた。楽しそうで羨ましくも思えたが、実際に通うと馴染めなかっただろう。そんなことを考えたりもした。

少しすると線路と平行した道が現れ、前方を自転車が走っているのが見えた。自分よりも相当若いであろう男性が一心不乱に自転車を漕《こ》いでいる。スピードを比較すれば自転車よりも電車の方が速く、私が乗る車両はすぐに自転車に追いつき、男性の横顔が見え、やがて自転車は他の景色同様、後方へと消えて行った。

停車駅が近づき電車がスピードを落とし始めた時だ。先ほどの自転車が再び視界に現れた。自転車は並行し始め、私は男性の横顔をさっきよりも長く見ることができた。自転車のスピードは変わらないが電車は遅くなっていく一方である。徐々に自転車は私を追い抜き始め、私は男性の後頭部を見ることになる。

「チャンスだ！」と私は思った。これは自転車が電車に勝つチャンスだ。自転車の男性、頑張れ。私の子どもだったとしてもおかしくない年齢かもしれぬ男性、頑張れ。負けるな。私は自転車を応援した。

しかし自転車はすーっと道を曲がってしまう。電車と自転車の進行方向は丁度直角となり、あっという間に消えてしまった。棄権だ。

いや、棄権したわけではない。そもそも自転車の男性には電車と競い合ってる気などひとつも無かったのだ。すべてはこっちの思い込みに過ぎない。

それなのに私はひとり盛り上がり、ひとり興奮し、「あの自転車が勝ったら、次に出る予定の本がバカ売れする」なんてことまで思ってしまっていた。もう売れないこと決定だ。

人違いなのにねばる

数年前に新宿を歩いていると金髪の男から、「安本さん！」と知らない名前で呼ばれたことがある。

「違います」と否定しても、男は僕の顔を疑わしそうにじっと見つめていた。一緒にいた後輩が「それ誰ですか？」と聞くと、おなじ職場の同僚で売上金を持って逃げた人だと言った。思わず後輩と一緒に笑ったが、男は「やっぱりそうですよね？」とねばってきた。

あの時、金髪の男が正確には僕をなんと呼んだのか忘れてしまった。「安本」は今何となく思い浮かんだ仮の名前だが、もう安本だったということにしてしまおう。いつか、どこかの公衆便所で用を足していると隣に自分と同じ顔の男がいることがあるかもしれない。その時は、勇気を出して「やっと会えたな安本」と声を掛けてみよう。たとえば「このやろう金返せ！　安本！」と言ったらどんな顔をするだろう。

ここで考えなくてはいけないのが、その男が三人目の瓜《うり》二つ人間の可能性もあるということ。だとすると、彼も僕と同じ経験をしているかもしれない。その場合、相手も僕に対して「金盗んでんじゃねえ！　安本！」と言ってくる可能性がある。ただし、「安本」は僕が仮で付けた名前だから別の名前で呼ばれると考えた方がいいだろう。「ここにいたのか猿渡！」という風に。

そうなると僕は、「えっ、そんな個性的な名前でしたっけ？」と反応してしまう。それに対して相手は「しらばっくれんじゃねえ！　猿渡！」というかも知れないし、彼も僕とおなじように昔のことで記憶が曖昧になっていたとすると、「えっ、違いましたっけ？」となるかもしれない。そうなったなら、そいつは白だということだ。

もしも、そいつが本当の「安本」ないし「猿渡」だとしたらどんな反応をするだろう。名前が奇跡的に合っていて逃げだすか、名前が間違えられているのを若干気にしながら逃げるかのどちらかになるだろう。ここで悩ましいのが、名前を間違えていた方がそいつの集中力が削《そ》がれるため走る速さは落ちるということだ。

何の役にも立ちそうになかったシミュレーションが、「誰かを追う時は名前をわざと間違えると相手の走力を落とせる」というやっぱり何の役にも立ちそうにない発見を生んだ午前二時過ぎ。

黄色いのはすべてタンポポなのか

歯医者で他人の靴を見る

カップ麺の蓋にライターを乗せる労働者

真顔でポテトを振る女

自販機の背後のゴミ箱も溢れる
夜空が赤い辺りに東京タワーがある
靴を入れてた箱と暮らす
年下のパイロットにゆだねるしかない

ここ数年でもっとも硬い枕
右側しか音が出ないステレオだから誰も唄わない
老いた座長の白粉に嘔吐く
黒いところは海だよ

一〇一号室は出窓がある
ここにコインランドリーがあると記憶した
シャッターをおろすハイヒール
急いで飴を噛み砕く

162
1501
ENEOS
ENEOS
ENEOS

こぼれた醤油を食い止めたおしぼり

新館に行くには二階から

停まってるトラクターが静かだ

誰もいないのに三角くじが舞っている

厨房から煙が出過ぎているが
キャンプに行くような服で来た
ライターが点かないから終わった
初日に熱が出た

地味な親子が学校の話をしている

このポスターを描いた子は絶対コナンが好き

日傘とともに日陰が動く

線路と垂直に生える草を見る

突風で飛ばされた帽子が遠い

期日の過ぎた公演情報が貼ってある

美術館を出た後の空が一番青かった

おばさんが天気予報を褒めちぎる

鮮魚売り場で鋭い目つきをする

私は人目を気にしてばかりいる。そう言うと決まって「誰も見てないって」と言われ、そのたび「そうだよな」と自嘲気味に笑いながら返して終わる。あるいは「人目を気にしてばかりいるんだよ。誰も見てないのにな！」と強めに、反論できないように自分から言うこともある。

最近は「気にしすぎ」なる言葉が昔よりもポップなものになっていて、ひとつの個性やステータスになり、特異な目を向けられることもなくなったが、その分「気にしすぎだ」と口にするのを憚《はばか》る時が増えた。

それでも気にしすぎであることには変わりなく、それはもう子どもの頃からずっとなのである。親に喜ばれようとか、先生に楽しんでもらおうとか、友達に驚いてもらおうとか、絶えずそういうことを考えながら行動し、わざと失敗する時もあれば、あえて変わったことを口走ったりもした。そうやって培われたものにカッコつけることが加わり、異性の目も気にし始めて、ほぼ一日中人目を気にすることになった。

私が最近人目を気にしがちなのは、スーパーに行った時だ。例えば鮮魚売り場。私は釣りをしないし、魚の知識も人並み以下だ。それなのにいつも鮮魚コーナーでは真剣な表情をして、厳しい目をして鮮魚を見る。すると周りの人は「あの人、目利きのプロじゃないのか？」と思う。「あの人、いつもブラブラして、午前中は喫茶店にいつもいて、昼過ぎからお酒飲んでて、何してる人なのかまったくわからなかったけど、あの振る舞いからして目利きの達人だったんだ！」となるのだ。そう信じている。

青果売り場で野菜を買う時も同じように厳しい顔をしつつ目当ての野菜を手にすると、あらゆる角度から眺め、重さを確認したりする。もちろん何もわかっていない。しかしこうすることで周りの人は「あの人、かなり野菜に詳しい人に違いない！」と思う。「あの人、いつもラフな格好をしてて、髭《ひげ》も剃《そ》らないし、普通の社会人ではないと思ってたけど、野菜に関してはプロ並みの人だったんだ！　きっと王貞治さんの次女である王理恵さんのように野菜ソムリエなのかもしれない！」となるのだ。これもまた信じている。

ちなみに野菜ソムリエには、タレントの西田ひかるさんや、大食いで有名なギャル曽根さん、もえのあずきさんなどがいる。

座る場所がない公園にいる

子供の頃、近所の公園でサッカーをやっていると、近所のおばさんが「誰の許可受けてここでサッカーやっとんねん！」と怒鳴り込んできた。

そのおばさんは以前から僕達に対してことあるごとに絡んでくるので迷惑していたのだが、ものすごい剣幕なので誰も止めることができなかった。

ほんのついさっきまで、「おれマラドーナ！」とか「おれカズ！」とか「おれバッジョ！」などと、それぞれ好きなサッカー選手になりきってプレーを楽しんでいたみんなが嘘《うそ》のように静かになっていた。

僕はサッカーがみんなより下手だったので、かなり遠慮して「マテウス」という選手の名をあげていた。マテウスもドイツ代表の10番なのでスーパースターには違いないのだが、中盤で相手の選手を潰したり、堅実なドリブルで突破したりする選手だったので、小学生で「おれマテウス！」と名乗りをあげる者はそうそういなかった。

おばさんは想像もしていないだろうけれど、ただ遊んでいるように見える小学生の内面にも「おれみたいなもんが」という意識や葛藤があったりするのだ。それでも懸命に楽しんでいたのに、おばさんのせいで雰囲気は台無しだった。世界的な名選手達が公園の隅で落ち込んでいる。

みんなが、いっせいに「どうする？」という目で僕の方を見てきた。僕の記憶が確かならマテウスはサッカー選手のなかで最初に「闘将」と呼ばれた人物だった。大柄な選手や華やかな選手にも果敢に戦いを挑むマテウス。みんなも「ここはマテウスだろ」と思っているようだった。プレーが停止している時も自分が選んだ選手を演じなければならない草サッカーなど聞いたことはないけれど、ここは自分がいかなければと覚悟を決めておばさんに近づいた。おばさんは「なんやコラー！」と興奮している。それでも勇気をだして「ここはみんなの公園や、お前に邪魔する権利はない」と言った。殴られるかもと思ったが、おばさんは自分の旦那の名前を呼びながら、「あんたー！　この子に味噌汁作ったげて！」と叫んだ。なぜか僕は気に入られた。

もうマテウスは引退したし、みんなも大人になった。座る場所がない公園でそんなことを思い出した。

慣れることを知っている

せきしろ

飲食店。オーダーを済ませ、トイレに行く。

小さい店の場合、トイレの電気が消えていることがある。使わないのなら消す、これは当たり前である。小さい頃に何度も親に注意されたことだ。

ただ、ひとつ問題なのは電気を点《つ》けるスイッチが見当たらない時だ。この店がまさにそうだった。

もしも人間を感知して自動で点灯するタイプならスイッチはなくてもいいし、こうやってドアを開けた時点で点いてもおかしくない。しかしトイレは暗い。ということは、どこかにあるスイッチを探さなければいけない。大抵はドア付近にあるものだが、見当たらない。ドアから離れた場所を見渡してみるも、ない。ならばトイレ内にあるパターンなのだろうと、私は薄暗いトイレの左右の壁を探し始める。鏡と手洗い器、ぼーっと白く光っているようなトイレットペーパーとファンシーな柄だと想像できるペーパーホルダーカバーはあるが、肝心のスイッチは見つからない。

私は再び外側を探すも、やはりスイッチは見当たらない。もうこれ以上探すのは危険である。なぜなら、他の客に「あの人、トイレの電気のスイッチがどこにあるかわからなくて困っているぞ」と思われるのが嫌だからだ。

外側は二回探した。内側は一回だ。ということは内側にスイッチがある可能性が高い。意を決して中に入りドアを閉める。その途端、予想以上の暗闇に包まれ、スイッチを探すどころではなくなる。何も見えない。先ほど見えた鏡や手洗い器やトイレットペーパーも見えない。もしかしたら壁に貼ってあったかもしれないパリの風景のポストカードも、お店の理念が書かれた紙も、ピースボートのポスターも見えない。

一度外に出るか？　いや、それは不自然極まりない。「あの人、すぐ出てきたよ。もしかしたら電気のスイッチがどこにあるかわからないんだよ」ということになる。外に出る選択肢はない。私はしばしじっとすることにする。

それにしても暗い。たまに田舎に帰省すると夜が暗すぎて驚くが、それくらいの暗さだ。しかしどんな暗さでもいつかは目が慣れる。壁に貼られたこの店のバイトがやってるクラブイベントの貼り紙がもうすぐ見えてくるはずだ。

ずっと壁沿いに並んでろ

二十歳の時、若者が踊るクラブでネタをやる機会があった。薄暗いフロアには爆音で音楽が流れ、ソファーの席には雑誌で見たことのある芸能人が座っていた。そんな環境でネタをやるのは初めてだった。

酔った男が「しょっぺぇ！」と叫んでいて、ポテトのことだろうと思っていたら、店員が叫んでいる男に向かって「うるせぇ！　黙ってろ！」と怒鳴っていて、ずいぶんポテトの味に誇りを持っているのだなと驚いた。

しかし、よくよく二人の攻防を観察してみると「しょっぺぇ！」という言葉は舞台に立つ自分達へ向けられていることがわかった。「しょっぺぇ！」って、ちゃんと「しょっぱい」表情で言っていたものだから僕はすっかり騙《だま》されてしまった。

ネタが終わった後、始発まで帰れない僕達に用意された場所はなかった。酒も飲めず、踊ることもできず、キスしている若者を盗み見ながら、自分の手と烏龍茶の空のグラスの温度が徐々に近づいているという発見に活路を見出そうとして、あきらめて途方に暮れても、まだ時間が余っていた。舞台からもっとも離れた奥の壁に背中をつけて誰の邪魔にもならないように息を潜め、たまに酔った女性に声を掛けられても、「そういうの興味ないんで」という表情で無視した。僕の隣には、同期の吉村君（現・平成ノブシコブシ）がいた。まだ当時は別のコンビで活動していて静かな青年だった。僕は吉村君と仲が良かったので、「こんなん、つまんないよね。酒飲んで知らない人とキスするなんて狂っているよね」という感情を共有していると思っていたのだが、そんな彼が突然、「うおおお!!」と叫びながら、舞台に上がり踊りだした。フロアにいた若者達も一斉に吉村君の踊りに反応し、停滞しかけていた空気が弾け一気に場の熱が盛り返した。近くの誰かが、「あいつ、おもしれえ！」と言った。吉村君が眩《まぶ》しく見えた。自分にはできない。置いていかれると思った。突然壁がひどく冷たく感じられた。

最近そんな話を吉村君にしたら、「記憶が違うよ。あの時、俺達だけネタがウケなくて、もう怖くてああするしかなかったんだよ」と言った。あの日、お互いになにか自分にとって重要なことを決めたのだと思う。

せきしろ

花屋の濡れた床から続く足跡

又吉直樹

一人足りないが出発することに決まった

せきしろ

母校の偏差値を調べる

又吉直樹

渡せないお土産を買った

せきしろ

よく振ってお飲みくださいをしっかりと守っている

30
徐行

又吉直樹

脱衣所のマッサージ機は動かない

せきしろ

新人が同じテーブルを何度も拭く

又吉直樹

もっと練乳かけた方が美味しいよと言われた

せきしろ

素振りをする少女の未来に光あれ

又吉直樹

マイケル・ジャクソンのコスプレしてる人と二度すれ違う

又吉直樹

最後から二番目のアラームが鳴っている

せきしろ

新聞紙で折られた兜に書かれている事件

又吉直樹

マスターではなくバイトだった

せきしろ

住人は死んだのにチラシは入れられる

せきしろ

落ちてるサングラスの細い陰に蟻がいた

又吉直樹

たこ焼きが熱すぎて黙る

場違いな石がある

知り合いの女性が男性と一緒に向こうから歩いてくる。私に気づいた女性が傍にやってきて「つきあってるの」と男性を紹介してくれる。私は「そうなんだ」とありきたりの相《あい》槌《づち》をうちながら「なぜ、この相手を選んだんだろう？」と考える。

どう見ても二人はお似合いではないからだ。もちろんそんなことを口に出せるわけなどなく、顔にも出てしまわぬよう気をつけながら二人を観察する。ホストのような髪型とヴィジュアルバンドが好きそうな服。彼女はそういうセンスとは無関係な人だと思っていたのでショックですらある。

私の思考はぐるぐると回り始める。「なぜこんなタイプと？」「実はこういうタイプが好きだったのか？」「もしや騙されているのでは？」「そうだ、絶対に騙されている！」「いや、人を外見で判断してはいけない。ああ見えて良いところがあるのだろう」「本当にそうなのか？」「良いところがあるように見せているだけかもしれない」「やはり騙されている」。

しかし私に「全然お似合いじゃないね」と言う資格などない。私は交際を反対する父親ではないし、そもそもそんなことを言うのは人としておかしい。本人たちが良いならそれで良いではないか。ここは「お似合いだね！」と言う場面であり、いい加減私も大人としてそういう言葉をかけなければいけないとわかっている。彼女も明らかに私の言葉を待っている。

とはいえ「お似合いだね」の一言だけではどこか嘘くさくなってしまいそうな恐怖がある。本当はそんなこと思っていないのだから当然だ。もう一言、何かを付け加えなければ。

「お似合いだね！　モグラとサングラスみたい」
「お似合いだね！　寂れたバス停と古い椅子みたい」
「お似合いだね！　午後の回転寿司屋と乾いた寿司みたい」
「お似合いだね！　観光地の薄皮饅頭屋さんと『まいうー』と書かれたサインみたい」
「お似合いだね！　軽自動車と後部座席の日焼けしたぬいぐるみみたい」

思いつく言葉はどれもさらに事態を悪化させそうで使えない。そもそも「お似合いだね！」なんてこと口にしたことないではないか。なんだ「お似合いだね！」って。

私は結局「へえー」と言った。

過剰なうなずきに救われる

小説『火花』の中国語版が出版されるということになり、六月に上海に行った。出版記念の会を書店で開催してくれるということで会場に向かった。小さな書店で開かれる小規模な催しだと思っていたが、会場には二百人程の若者が集まってくれていた。本番まで少し時間があったので、折角《せっかく》だから自己紹介くらいは中国語で話したいと言ったら、「良いですね」とスタッフが賛同してくれて、練習が始まった。最初は穏やかな雰囲気だったが、あまりにも僕が下手だったからか、「それだと伝わりません！　もう一度です！」、「中国の言葉は発音がダメだと聞こえないんです！」などと徐々にスタッフの口調が厳しくなってきた。今さら、止めましょうとも言えず精一杯努力するしかなかった。

本番では、「ニーハオ」と言うと想像以上に会場が盛り上がった。その後は、お客さん達が拍手をするタイミングを探している気配があったので、発音が悪くて僕の中国語は伝わらなかったのかもしれない。中国の出版社の方と翻訳者の先生と三人で一時間程お話をした。お客さんは熱心に聞いてくれた。

トークが終わり、席を立つと中国人の若い女性数人が立ちあがり、「又吉先生！　かわいい！」と叫んだ。「かわいい」などと言われ慣れていない僕は少なからず動揺したが、それでも何かを伝えようとしてくれたことが嬉《うれ》しかった。しかし、一つ気になることがあった。僕が「かわいい！」と声援を送られた瞬間、日本人スタッフが、「えええええ!!!」と過剰に声を出して驚いていたのだ。僕だって自分のことをかわいいなどと思ったことはない。とはいえ、そこまで大きな声で驚くことでもないのではないか。控室に戻り僕が何冊かの本にサインをしている間にも、日本人スタッフと中国人スタッフが、「かわいいって言われていましたね？」と深刻な表情で話し合っていた。

最終日、翻訳者の先生が中国語のネットニュースに僕の記事が載っていると教えてくれた。なんと書いているのか聞いてみると、「又吉さんの髪型はラーメンみたいだった、と書いています」と言った。「なんでそんなこと書くねん」と僕は驚いたが、その時は、日本、中国両スタッフも微笑《ほほえ》むばかりで誰も驚いていなかった。

もう少しでこの気遣いが終わる

知り合いの女性と寿司を食べに行った時のことだ。

寿司と言っても高級な店ではなく、回転寿司である。私は極力大きな声を出さずに生きていきたいので、注文をしていないのに勝手に目の前に寿司が流れてくるという回転寿司のシステムは私にとって最高だ。食べたい寿司が流れてこない、同じ寿司がずっと流れている、時間によっては何も流れていないなどのデメリットはあるが、大声を出して注文するよりましだ。頑張って大声を出したのにうまく注文が伝わらずに何度も聞き返されて恥ずかしくなることもないのだから。

しかし今回はそんな心配もない。私はひとりではない。一緒にいる女性に注文してもらえば良いからだ。私は普通の声でその女性に食べたい寿司を伝えるだけで良い。

女性が二人分注文した。なにも問題はないはずだった。ただその女性は童顔であった。私は見慣れているので何とも思わないが、実年齢よりかなり下に見られることが多々ある。

これが思わぬ事態を引き起こす。

「わさびは大丈夫？」

回転寿司のベルトコンベアの内側にいる寿司職人が、まるで子どもと話すように優しい口調でそう言った。明らかに連れの女性を子どもと勘違いしている。

すると女性はさっきよりも高めの、まるで子どものような声で「はい」と答えたのだ。子どもと勘違いしている寿司職人に恥をかかせないようにと、気を遣って子どものふりをしたわけである。

この不思議な気の遣い方、私もよくする。以前女性タレントの握手会に行った時のことだ。その握手会は、握手を待つ列に並び、自分の番が来たら握手して、短い会話が一往復あって終了というシステムのものであった。この時、私の前に二人の外国人が並んでいた。外国人は自分の番になると「ハーイ」と外国らしい挨拶をしたので、女性タレントも「ハーイ」と挨拶をした。続いての外国人も陽気に「ハーイ」と言ったので、女性タレントも陽気に「ハーイ」と挨拶をした。この流れのせいだろう、女性タレントは私も外国人だと勘違いしたようで、あちらから「ハーイ」と言ってきた。女性タレントに恥をかかせるわけにはいかないと思い、私は「ハーイ」と外国人のように振る舞ったのだ。

その自分の声が帰り道に何度も頭の中で木霊した。

笑顔が地下足袋に似ていた

「飲んだ帰りに、あれ？　こんな早朝の駅前に又吉さんが寝てると思って、近寄ったらホームレスでした」と後輩のフルーツポンチ村上に言われたことがある。「井の頭公園を散歩してて、オシャレなホームレスいてるなと思ったら、又吉さんでした」と後輩のパンサー向井に言われたこともある。自分が書くコントにもなぜかホームレスがよく登場する。当然バカにしているわけではない。現代の共同体や社会を捉えるうえで重要というだけでなく、その枠に収まらない存在として妙に惹《ひ》かれてしまう。

大阪のあいりん地区という場所がある。僕が子供の頃、そこは釜ヶ崎と呼ばれ、ホームレスが沢山住み、たまに暴動が起きたりもして怖い印象だけがあり、実際はどういう場所なのか理解できていなかったのだが、先日ロケで初めて訪れてみてよくわかった。

高度経済成長期に地方から出稼ぎにきた労働者達は、釜ヶ崎にあった低料金の宿から毎朝現場に向かうトラックに乗り込み仕事に励み、そこから実家などに仕送りをする人も多かった。九〇年代に入り、日本の経済が傾きだすと求人が激減し、働けない人が増えた。

それでも釜ヶ崎に残った労働者達がホームレス化したという背景があるらしい。もちろん、街がそうなってから移り住んできた人もいるだろう。そこで暮らす人のなかには労働者としての誇りを捨てずに、生活保護を絶対に受けないと決めて、ご高齢でも仕事を探し続けている方もいる。決して、働くことを放棄した人が集まっている場所ではなく、時代の流れによって働けなくなった人達がいる街だ。

公園でロケをしていると、上半身裸のおじさんが腕を組み、難しそうな表情でこちらを見ていた。悪気はないが、誰かが日常を過ごす場所でカメラをまわし、その場所を初めて訪れた者として語ることが誤解を招くのではないかと心配だった。カメラが止まって移動する時に会釈すると、ニカッと笑って「がんばれよ、有名人」と声をかけてくださった。本当にがんばらないといけないなと思った。街を見て歩き、道の真ん中でロケをしていると、作業着姿で地下足袋をはいたおじさんが笑顔で歩いてきた。一目で仕事帰りだとわかる姿だ。おじさんは僕を見て、「まっしろやねー！　わし、どっろどろ！」と笑いながら言って歩き去っていった。なんというか、とにかく服装も所作も言葉も最高に格好良かった。自分もああいう顔になりたい。

子供が追いかけるから鳩がこっちに来る

処方箋薬局を選べる状態だ

また資格の本が捨てられている

ジャージの女子が仲間に手紙を書いている

祈りではなく吐いてた
過半数が帰った会にいる
ガスが停まる日だった
親の傘の重たさ

干物の形のハガキが堂々と届いた

険しい顔で自転車を漕ぐ少女

スズメが近寄ってきて興奮

コーラを好む老人の過去

空港からの道はどの国も似ている
路上で卵の殻を剥いていた老人
通訳だけが笑っている時間
小銭の瓶に一元硬貨が混ざる

隣はずっと化粧をしている小柄な女性

富士急ハイランドの割引券を見て時間を潰す

窓から大河ドラマの音が聞こえる

酔って座って怒っている他人

又吉直樹

あったはずの半額シールがない
綿菓子全部はいらない
古本屋の奥でクイズ番組が流れている
授業の時はやさしい顧問

靴紐をなおす場所を探す

小人の置物のひとつが怒っている

帽子を追いかけて諦める女

クルメツツジと書かれた看板を見ない

家族分の傘が干してある

裸足で走るタイプだった

暴言吐くまでに重ねた杯が理性

携帯に保存した詩だけが光る部屋

せきしろ

シューベルトの「魔王」だったら子どもが死んでる風

函館に行ったのは二回目だった。一回目は中学生の時の修学旅行だ。私の通っていた中学校も北海道にあり、行き先が同じ道内なんてなんだか修学旅行っぽくないと思われるかもしれないが、バスで五〇〇㎞ほど移動しているわけだから修学旅行なのである。

今回函館に向かったのは、知り合いが故郷である函館でイベントをやると聞き、それを見に行くことにしたためだ。夕方に函館に到着し、そのまま会場へ行った。終わった後は出演者の何人かと飲みに行って、函館らしいものを食べて上機嫌になった。

店を出ると風が強かった。台風が近づいていて、明日にも函館に上陸する予定であることはニュースで知っていた。私は次の日札幌へと向かう予定であったものの、最も早い時間の特急列車の切符を買ってあって、朝早ければまだ台風が上陸していないだろうし、台風に追いつかれないように列車で逃げるように移動するイメージを勝手に抱いていた。

早朝。外から風の音がする。時折窓を叩《たた》き、不安を煽《あお》る。テレビをつけると台風のニュースをやっていて、乗るはずの列車が運休というテロップが流れていた。私は慌てて服を着て、ホテルから歩いて数分の駅へと向かった。最新の情報を知りたいのと、別の交通機関はどうなのかの情報が欲しかった。

歩いているのは私だけだった。時折、強い風が吹き、私はよろけそうになった。油断するとどこまでも運ばれてしまいそうで、しっかりと濡れた道路を踏みしめながら歩いた。向こうにテレビ局の中継車が見えて、駅前の様子を映しているようだった。カメラはこっちを向いていた。周りには誰もいない。明らかに私を映している。

大きな風が来た。私は後ろに押し戻されそうになったが、なんとか踏ん張って平気なふりをした。カメラで撮られているのだ。カッコ悪いところは見せられない。しかし、テレビ側からすると私が風に負けてよろける姿が欲しいのかもしれないなと思い、でもそこまではさすがにできないと、私なりの折衷案として「わざと立ち止まって風で前に進めないふり」をした。これで十分だろう。すぐにまた平気なふりをした。

また風が吹き、なんとバス停が倒れた。それを見て私はカッコつけるのをやめた。

生きものが二匹いた

夏らしいことが何もなかったと毎年九月に思う。だとしたら、もうそれが夏なんじゃないかとも思う。

楽屋で芸人が寄り集まってそんな話をしていたら、スパイクというコンビで活動する後輩の小川が、九月に日比谷野外音楽堂で行われるエレファントカシマシのライブをどうしても聴きたくて、チケットは買えなかったけど野音の外に音漏れを聴きに行くという話をしていた。小川はエレカシが大好きで、去年も一人で音漏れを聴いていたそうだが、たとえ音漏れが一切聴こえない会場でのライブでも、一応会場まで行き、「ここでやるんだな」と確認して近くでラーメンを食べて帰ったりするらしい。アホやん、と笑う人がいるかもしれないけれど、僕もそれと同じことをやったことがあるから気持ちがわかる。

野音の音漏れを聴きに行きたくなった。僕もエレカシが好きで、ライブに行ったことはあるけれど、野音の外の経験は一度もなかった。「俺も行っていい?」と思わず口にしてしまった。後輩の特別な時間を邪魔するのは酷《ひど》いことだと思ったけれど、行きたかった。夏がまだそこにあるような気もした。

当日、野音の外には僕達だけじゃなくて、大勢のファンが集まっていた。シートを敷いたり、椅子を持参して万全の態勢を整えている人もいた。僕達は木の根に座った。前にも横にも後ろにも、至る所にライブの音漏れを聴きに来た人達がいた。野音の中でライブが始まると、外でも大きな拍手が起こった。

一曲終わるたびに外では拍手が起こった。明るいうちには、ツクツクボウシが鳴いていた。徐々に辺りが暗くなると、涼しい風が吹いた。ちょうど、今が夏と秋の境目だと思った。エレカシのライブは本当に素晴らしかったし、僕達の前にいた若い男女が、座ったまま楽しそうに踊っていたのが、とてもかわいかった。女の子は男の子に肩でタックルして、男の子も女の子にタックルを返した。みんなが楽しんでいる、この風景が天国のように見えて泣けてきた。

ライブが終わった後、小川には目にするもの全てが輝いて見えるようだった。

興奮が冷めずに街を歩いた。銀座の雑居ビルの前に置かれたゴミ箱の上をネズミが走った。それを見た小川は、「あっ、リスだ！」と言った。

大量の鳥の声がする木を見上げる

チルチルミチルといえば百円ライターを思い出す人も多いだろうが、ライターの話ではなくモーリス・メーテルリンクの童話『青い鳥』についての話である。この童話はチルチルとミチルという兄妹が幸福の象徴である青い鳥を探しに行く話であり、結局は家に青い鳥がいて、幸せはすぐ傍にあるもので、なかなかそれに気づかないということに気づくのである。

青い鳥は家にいる。その言葉を「ああ、そういうものなんだ」と深く考えずに生きてきたが、初めて『青い鳥』に触れてから四十年以上経った先日、考える機会があった。いつものように家に帰っていた時、ふと家に青い鳥がいたらどうしようかと考えたのだ。

幸福の象徴であるのだからそれは大変光栄なことである。しかしながら、チルチルとミチルの家には鳥かごがあり、鳥がいてもおかしくない環境であるのに対し、私は鳥を飼ったことがなく、鳥に対して何の免疫もない。もちろん鳥かごもない。ということは、もしも家に青い鳥がいるとしたら、放し飼いの状態だ。

家に入り、部屋の電気をつけた時、青い鳥を発見したら私はどうしたらいいかわからない。私が入ってきたことで鳥が部屋の中を飛び始めたら、怖くて仕方ない。例えば部屋に蝶が入ってきたとしてもパニックになることは容易に想像できるのに、鳥だ。私はドアを閉め、しばし考えるだろう。

扉の向こうに鳥がいる。話は通じない。捕獲は難しい。鳥に触れたことがない。台所にストックしてあるゴミ袋を広げて捕獲したところで、袋の中で逃げようと暴れる鳥の羽根と袋が生み出す音が怖くて私は逃げ出してしまうだろう。窓を開け、自然と出て行ってもらうのが得策だ。その場合、どうやって窓を開ける？　また部屋に入らなければいけない。できれば入りたくない。なんとか入って窓を開けたとしても、すぐに出て行くとは限らない。数時間後部屋に入り、もう出て行ったかなと思ったらまだエアコンの上にいた、なんてことを考えただけで身震いする。

業者に頼むしかない。その前に、さっきから小鳥をイメージしているけれどオオワシくらいの大きさだったらどうする？　いや、まて。それは幸福を業者に持って行ってもらうということだ。なんだか支払う金額以上の損をしている気がする。

青い鳥がいつ現れてもいいように鳥かごを買うしかないのか。

お通しがえび揚げせんべいだった

居酒屋に行くとお通しが出る。若い頃は、「これで幾らくらいお金を取られるだろうか？」と値段のことが気になった。三十代になると食が細くなり、体調とお通しの組み合わせによっては、それだけでお腹がいっぱいになってしまうこともある。

偶然かもしれないが、お通しで「もずく酢」を出される機会が多い。嫌いではないが、なにも食べてない状態でいきなり酢を胃袋に入れても大丈夫なのか心配になる。一般的には食欲を増す作用があるらしいが、個人的には途中で食べたい。

「煮凝《にこご》り」が出されることも多い。和食屋の本気の煮凝りはとても美味しいけれど、お通しで出されるそれは味がしないほど薄いことが多い。なぜ、折角お腹が減っていて、なにを食べても美味しいというときに透明の無を胃に入れなければならないのだろうかと残念な気持ちになる。煮凝りを作る店側も大変だろうから、お互いのためにも豆腐で良い。

そして、一番苦手なお通しが「えび揚げせんべい」というピンクの薄い塩味のものだ。

これもおやつとして食べる分には美味しい。だが、お通しとしてはどうだろう。「ごはんの前にお菓子食べたらだめよ」という母の言葉が頭をよぎる。ごはんの前にお菓子を食べると、お腹が膨れてしまいメインを残してしまうんじゃないかと怖くなる。

お通しが気に入らないなら残せば良いじゃないかという人もいるだろう。しかし、お店側が仮に本気で作ったものだとしたら？　三年間修業した青年がついに「明日から、お通しだけやってみるか？」と大将に言われ徹夜で作ったお通しだとしたら？　厨房《ちゅうぼう》から誰かがこっちを覗いていないか。客が帰ったあと残された小鉢を見つめて途方に暮れる青年がいるかもしれない。

そんなことを一度考えてしまうと、テーブルの端で残されたままのお通しがずっとこちらを見ているような気がしてくる。

「あなたにとってのただのお通しは、誰かにとっての修練の蓄積かもしれませんよ。それでも私を残しますか？」

そんな声が聞こえてきて、結局はついつい口に運んでしまう。すると、たまに驚くほど美味しくておののくこともある。

せきしろ

花を撮っているのを見られる
パズル雑誌が充実している空間
落ち葉が入ったゴミ袋がみっつ
ぬくもりがすごい席だ

太陽の光で見ると全然違った
端で焦げてるのを貰う
手拍子されると狂う
このビールが冷たいうちに来るか

隣は碁の本を読んでいる

通された部屋で緊張しながら聴く風の音

これはあなたのダウンジャケットの羽だ

絵を描こうと思っているんだとずっと言ってる

曲がらないストローを折る

ラブホテルの入口を見ない

ポッケからネジが出てきた

ゴールした人を旗まで連れていく係

そっちはスーパー銭湯の送迎を待つ列

ゴミ袋の結び目からゴミを入れる

日が射してガラスが汚れている

キッズコーナーで仕事の電話をする男

店内で電気ストーブが光っている

見窄らしい犬を連れて自転車をおす人

動いていない油圧ショベルと砂利

側溝にタイヤが落ちる想像をしている

ATMに先輩が並んでいる
消えた切手が肘に付いていた
ドアが閉まり遠退くスナックの喧騒
リュックを降ろさずに呑む人といる

人がいるコインランドリーを避ける
一貫だった
8からあがれない秒針
あれで積もらないのか

エラーが出て進めない

　私は電話が苦手で、電話がかかってきたとしてもほぼ出ない。着信音は消してあり、バイブ機能も切ってある。着信に気づくのはだいたい後からだ。リアルタイムで気づくとしたらアプリゲームをしている時くらいで、その場合は着信の画面をじっと見て、消えるのを待つ。その後、留守電が入っているのならそれを聞く。たまにメール等ですぐに連絡が来る場合もあるのでしばし待ってみる。知らない番号は検索する。

　そもそもなぜ電話に出ないのかというと、こちらの態勢が整っていないためである。電話する心構えができてないのに話すと変な声になってしまう可能性があるし、それ以上に電話をかけてきた相手との関係性や、言葉遣いや口調、呼称などを今一度確認しなければならない。留守電が入っていない場合は要件を想像し、受け答えのシミュレーションをする必要も出てくる。必要事項を紙に書き出す時もある。

　これらの過程を経て、やっと電話をかけることになるのだが、今度は場所が問題となる。誰もいなくて、静かで、落ち着ける場所を探さなければならない。自分の電話を聞かれるのが嫌だからである。私が他人の電話を聞いてしまいがちだからなのかもしれないが、私の電話の様子から「あいつ謝ってるぞ」とか「なんか威張ってるな」とか「敬語、間違ってる」とか「緊張しすぎだろ」とか「あーあ、うまくいかなかったようだな」などと思われているんじゃないかと気になってしまう。また周りがうるさいと会話が聞こえづらくなって聞き返したり聞き返されたりして余計な苦労が増える。さらに電話で嘘を言わなければいけないこともあるのも理由のひとつで、たとえば新宿にいるのに「今、渋谷にいまして」と言わなければいけない時もあり、その瞬間周りの人は確実に「この人、嘘をついているぞ」と思い、視線が集中するに違いない。他にも体調が悪い振りをしなければいけない時もあり、演技しているところを人に見られたくない。そのため、電話をかける場合は、誰もいない室内か自分をリラックスさせるためにも誰もいない公園がベストである。

しかし、こちらがいろいろ準備をしている時に同じ人からまた着信があったなら、最初からやり直しとなる。今度は二回連続して電話に出られなかった理由も必要になってくるから厄介だ。

鼻の穴で喋ってんのか

数年前、ある先輩に誘われて飲み屋に行くと先輩のほかに、僕よりも若い後輩芸人が一人いた。その後輩と僕は親しい間柄だった。最初は楽しくお酒を飲んでいたのだが後輩が突然、「俺、又吉さんには特にお世話になっていないんですよ。○○さんにはお世話になってるんですけど……」とその場にいた先輩の名を挙げた。少しだけ傷ついたが、具体的にどう自分が傷ついたのかはわからなかった。

おそらく、その先輩に対する感謝の気持ちを後輩はアピールしたかったのだが、上手《うま》く伝えられないので、そこにいた僕を下げることによって先輩への敬意を際立たせようとしたのだろう。だが、それなら「又吉さんにもお世話になっていますが、○○さんには申し訳ないほどお世話になっていて感謝しきれないです」とでも言っておけば、僕も相槌を打つことができたのに、「特にお世話になっていない」という気持ちを表明されると、それが気になって意識が次に行けない。

たとえば僕がもっと楽しい精神の持ち主だったら、「そそ、どっちか言うたらお世話になってるのは俺の方やからね、いつもありがとう、いや、なんで俺がお前に頭下げて感謝せなあかんねん！　おかしいやろ！」などと、相手の言葉に一旦乗っておいて、後から間違いを指摘するという技やテンションを使うこともできただろう。でも、僕にはできない。

そもそも、全く世話になっていない初対面の人にも、「今までは特にお世話になっていないですけど」みたいなことをわざわざ言う必要はない。ましてや僕は立場的に先輩なのだから、多少の覚悟を持って発言しているはず。ということは、後輩は僕に対して憎しみに近い感情があったのかもしれない。僕は後輩の相方と特別に仲が良かったから、もしかしたら、後輩は「なぜ自分には興味を持たない？」とイライラしていたのかもしれない。誰かに認められない環境が苦しいとき、その誰かを否定することで楽になることもあるだろうから、後輩はそうしたのかもしれない。僕は後輩には怒らないと決めている。穏やかに対応しなくては……。気にしてないふりをして、何か関係のないことを言おう。

「そんなことより、お前、感情が増すと過剰に鼻の穴が膨らむな。鼻の穴で喋《しゃべ》ってんのか？」

と僕は言った。ちょっと怒ってもうてるやん、と思った。

駐輪場

変わったことに気づかない

「この女の子、ピュアだな」

そんなことを思った。

その子を初めて見たのは最寄り駅の前にあったファミレスだった。深夜にも拘《かかわ》らずハキハキとした大きな声で接客していた。いつ行ってもそんな感じで、元気で朗らかな漫画のキャラ、あるいは世界名作劇場の主人公のようだった。

しかし、仕事面では絶えず失敗していて、他の店員に注意されたり客に文句を言われたりしているのを見たのは一度や二度ではない。それでも挫《くじ》けることなく健気《けなげ》に頑張るんだろうなと勝手に想像していた。

ファミレス以外で初めて会ったのは、朝までお酒を飲み、始発で帰って来て家まで歩いている時だった。深夜バイトが終わったその子が、歌いながら歩いていた。時折振り付けもしていた。まるでミュージカルのようだった。あの子は役者志望で東京に来て、バイトをしながら夢を追っているんだとまた勝手に想像し、綿密なキャラ設定を作った。逆にそのキャラ以外何があるんだろうと思った。

その後もファミレスで何度か見かけたが、突然いなくなった。クビになったんだろうなと思った。数日後、駅近くのコンビニに行くとその子がいた。コンビニの制服を着てレジで大きな声を出していた。新しいバイトが決まったことに私は安堵《あんど》し、こっそり観察していると相変わらずミスをしていた。私もお釣りを間違えられた。

一ヶ月もするとその子はまたいなくなった。別の店でバイトをしているのかもしれないと、店に入るたびに探していたもののいつしかそんなことをしなくなった。

やがて月日が流れ、その子のことを完全に忘れていた頃、たまたま入った喫茶店でよく似た女性を見つけた。バイトではなく、客として来ていた。

風貌は大きく変わっていて、髪は雑な茶髪になっていて、Tシャツにフェイクファーのコートを羽織り、冬なのにサンダルで裸足だった。

もしもこの女性があの子ならば、いろんなことがあったと容易に想像できる。私は彼女かどうか確かめようとしたが、ガラケーを操作する手が汚れていたので見るのをやめた。だからあの子かどうかわからない。私はそこで考えるのを終わりにした。

又吉直樹

虚構の気配を触る

子供の頃から映画やドラマ、小説や漫画などフィクションの世界が現実と近距離にあったので、印象が刷り込まれているなと感じることがある。例えば、人が少ない遊園地に行くと怪人が出てきそうな気がする。

戦隊ヒーローものや、仮面ライダーで何度か見ただけなのだが、よっぽど鮮烈だったのか、大人になった今でも怪人が出てきそうな気配を拭えない。子供がソフトクリームや風船を持って歩いていたりすると、さらに不穏で嫌な予感しかせず、周囲をキョロキョロしてしまう。

先日、あるミュージシャンのライブに行った。本番前の薄暗い舞台上には、グランドピアノが一台置いてあり、その隣には大きな花瓶に活けられた立派な花があった。照明は客席だけに灯されていて、ピアノも花もぼんやりと青っぽく見えていた。トイレが混雑していたこともあって、開演時間になっても、なかなかライブが始まらなかった。1分が経ち、

2分が過ぎた。その頃から、僕は名探偵が解決するタイプの殺人事件が起こりそうな気配を感じて仕方なかった。3分、4分、5分が過ぎた。絵に描いたような不気味さ。次の瞬間「キャー!!」と悲鳴が起こりそうだ。10分が過ぎた。ほとんどの観客が席に着いた。僕の後ろの席に遅れてきた客が座っただけで、「ビクッ」と身体が反応してしまう。

もっと恐ろしいのが、ここで舞台上や客席に死因のわからない死体が転がった時に、思わず条件反射で「動くな!」と自分が叫んでしまったらどうしよう? という想像だった。叫んだ僕は神妙な表情を浮かべて死体に近づき時計を見る。そして顔を上げて視線を動かし、「出入り口は全部で四つか……」と言ってしまったとしたら、もう後戻りはできない。本物の名探偵が偶然客席にいたとしても、僕のせいで登場するタイミングを失ってしまうかもしれない。なかには僕と同じように空気にのまれ、突然大声で「ハハハハハハハッ!」と狂ったふりをして笑い出してしまう奴《やつ》がいるかもしれない。でも僕もそいつも関係ない。皆が騒ぐなか客席で爪を噛《か》みながら舞台上を睨《にら》みつける男。こいつも関係ない。どいつもこいつも事件とは一切関係ない。そんなことを考えていたら、ライブが始まった。素晴らしくて、さっきまでの妄想は一瞬でどこかに消えてしまった。

せきしろ

年老いた親子が喧嘩しながら買っている

又吉直樹

コップという身に覚えのないメモ

怒っていたら日付が変わっていた

せきしろ

うがいの時に見えた火災警報器

又吉直樹

移った口笛のまま取り残される

又吉直樹

内見としか思えない二人が険しい

鎌を持ったまま道を教えてくれる

又吉直樹

難解なティーポットで来た

せきしろ

フードコートで呼び出しベルを見つめる

又吉直樹

文庫本で席を取られていた

せきしろ

客がいなくてパソコンを見ている店員

P
P

コーポ

又吉直樹

大きい選手が怒られている

せきしろ

蝶か蛾か蝶か蛾だ

又吉直樹

墓石が熱い

せきしろ

大浴場のロッカーの鍵が濡れている

又吉直樹

取れるとは限らない眼鏡の染み

FUKUSHIMA
FUKUSHIMA
KEIO

マッサージチェア売り場に空きなし

混雑しているカフェに横並びの席があるとする。仮に左からA席、B席、C席、D席としよう。

だいたいはA席とD席、つまり両端の席から埋まり、空いているのは内側、B席かC席になる。その二席しか空いていないタイミングで店に入った場合、必然的にどちらか選ばなければいけない。

そこでB席を選んだとしよう。するとA席の人に「どうしてこっちに座るんだよ」と鬱陶しがられる可能性がある。逆に隣に座らないと「私の方は嫌なのかな?」と思われてしまう可能性もある。私はどちらの気持ちもわかる。

そのためこの状況の時、私はどこにも座らないことを選択し、店を出ることが多い。

それでもどうしても座りたい時やちょっとした作業をしなければいけない時もある。さすがにその時は座る。気を遣って可能な限り体を小さくし、自分に与えられたスペースからはみ出さないよう座るのだ。

やがて時間と共に私はその席に馴染む。そうすれば私はリラックスするようになるのだが、別の問題が生じる時がある。D席の人が帰った場合だ。C席D席と空いているのにA席B席と詰めて座っているのは指定席であるまいし、なんだか怪しい感じがするので私はD席への移動を決める。そもそもD席は理想的なのだから。

しかし私はすぐに移動するようなことはしない。A席の人に「そんなに急ぐほど嫌だったんだ」と思われたくないという理由もあるが、それよりも、私の中でD席はD席にいた人の席であり、その効力はD席にいた人が店を出るまで続くという考えがあるので、良い席が空いたからといってすぐさま移動するのは気が引けるし、格好が悪いからだ。そのためある程度時間を置いてから落ち着いて移動するのがベストだと思っている。

ところが私が立ち上がったと同時に別の人がD席に座ろうとする時がある。慌てて奪うように席を確保するのはみっともなく思え、「そこは私が移動しようとした席なんですよ！」と主張するわけにもいかず、立ち上がってしまった私は行き場を失い、なんだか恥ずかしくなる。

その時は潔く店を出る。私にはこういう潔さがあることを誰かに知って欲しいといつも心から願っている。

カウントダウンがずれている

大晦日《おおみそか》に代官山のライブハウスで、自作の物語を朗読するライブを開いた。ゲストには後輩の、グランジ五明と、パンサーの向井に来てもらった。

ライブ終演後に三人で食事をして、折角なので新年を迎えるまで一緒に飲もうということになり、二軒目は、カウンターと、小さなテーブルがあるバーに入った。僕達はテーブルに座った。時間は二十三時を過ぎていた。今年どうだったとか、来年どうするだとか色々な話になった。

その中で、クリスマスイブに後輩のフルーツポンチ村上と僕が二人で夜中まで飲んでいたという話題になった。村上と飲んだ店では、ずっとクリスマスソングが流れていた。僕達は、「ここに彼女と二人で来ていたとしたなら、彼女に言われたいセリフ」という店員に聞かれたら恥ずかしいテーマで盛り上がった。

僕が彼女に言われたいセリフは、「ジョン・レノンのが流れたら帰ろうね」だった。「ジョン・レノンの」というのは『ハッピークリスマス』という曲のことだ。

ジョン・レノンの曲が流れたら一緒に帰る。流れなかったら、いつまでも店に残る。どっちにしろ私は楽しいよという気持ちが嬉しい。僕の想像を村上は否定せず、村上の想像も僕は否定しない。

そんなクリスマスの夜を振り返っていると、「あの曲、ハッピーニューイヤー、って言葉も出て来ますよね」と向井が言った。「ちなみに、あの曲には、～戦争は終わった～、という副題が付いてんねん」と僕が言うと、後輩の二人が感心しているように見えた。「だから、今の不穏な時局にも響くよな」と僕が言うと、二人は更に熱心に聞いてくれているようだった。

まもなく新年を迎えようという大晦日だったため、高揚していたこともあって普段より多弁になっていた僕は話を続けた。「当時、ベトナム戦争があってな、ベトナムの兵士に向けてという意味も……」と語っていると、机の上に置いていた僕のスマートフォンから、「ピコンッ」、と音が鳴り、「ご用件は何でしょう?」という文字が表示された。なぜか、Siriが反応している。しばらくして、「はい、聞いてますよ」とSiriが喋った。おそらく、「兵士に」という僕の言葉が、「Hey Siri」と聞こえたのだろう。Siriが用件を聞いている。戦争を終わらせてくれるかもしれない。

半袖も長袖もいる日

私の父親は教師だった。

私が物心ついた頃は公立の中学校の先生だった。そのため数年毎に異動があり、その度に引っ越し、新しい町の教員住宅に移ることになった。教員住宅というのは文字通り教職員のための住宅である。

周囲の建物には教員しか住んでおらず、自分が通う学校の先生もいれば、別の学校の先生もいた。ひとりで住んでいる先生もいれば家族で住んでいる先生もいた。自分と同じ年くらいの子どもがいる先生もいればおじいちゃんみたいな先生もいた。とにかくいろいろな先生がいた。

私はおぼろげながら当時の住宅を覚えていて、どれも平屋の狭い家だった。おまけに新しくもない。それでも子どもだったために何とも思わなかった。今見るときっと「こんなところに家族で住んでいたのか」と驚くだろう。それ以上に懐かしさが上回るか。どちらの感覚も味わい深いのだが、住んでいた住宅はどれももう取り壊されてしまっている。

最も記憶にあるのは小学校高学年から中学卒業まで住んでいたところで、それぞれの家の前には小さな庭があり、休みともなれば家庭菜園や花の手入れをしている先生がいた。念入りにずっと洗車している先生もいた。朝早くから釣りに出かける先生もいたし、山登りに行く先生も、趣味のラジコンをしている先生もいた。父親と仲の良い先生には遊びに連れていってもらったりもした。当たり前のことだが、それぞれの先生にそれぞれの生活があった。私はいつもそれを見ていた。

そのためだろう、先生に対して何かを求めるということはほとんどなかった。それは先生には何を言っても無駄だからとか、先生をまったく信用していなかった、というわけではなく、もちろん先生は特別な存在ではあるが、ひとりの人間であり、それぞれにそれぞれの生活があると考えるようになったからである。先生に反抗している同級生を見ながら、「あの先生は一生懸命シイタケを栽培しているんだよなあ」などと先生としての顔以外が頭に浮かんでしまい、反抗する気がなくなった。

それが良いことなのか悪いことなのかわからないが、「人それぞれ」という言葉が私の頭に強く刻まれたのは良いことだったと思う。

求められていない笑顔だったか

言葉が伝わらないということが、とても怖くて外国人と話す場面があると異常に緊張してしまう。

数年前にコートジボワールの空港で入国審査の時、パスポートを提示して係の人にパスポートの写真と僕の顔を比較されている時も、「髪の毛くってているけど同一人物と解るだろうか」と、普段なら気にならないようなことが不安になり、終始おどおどしてしまった。そんな状態の時に、突然、係の人に親指を向けられたことに動揺してしまい、思わず、ラモス瑠偉《ルイ》が仲間の良いプレーを讃《たた》える時のように力強く親指を係員に向けてしまったのだが、その瞬間、係員は露骨に嫌な顔をして、荒々しく親指で机を押す動きを僕に見せた。

その動きを見て、指紋を照合するために機械に親指を付けなさいというジェスチャーだったと理解出来た。

緊張している時に、急に外国人係員に何かを褒められたので、すぐに応《こた》えなくてはと思ったのだが、とても恥ずかしい失敗をしてしまった。係員はよっぽど腹が立ったのか、手続きが終わると僕の顔を見ずにパスポートを投げた。

　良かれと思って取った行動で怒られてしまうことが人生の中でも何度かあって、そんな時にはどんな顔をしてよいのか解らなくなる。保育所時代に劇をやった。僕は怒り鬼の役だった。だから僕はずっと怒っていなければならない。泣き鬼の役の友達が、なかなか泣く演技が出来なかった。そこで練習が停滞してしまった。

　僕はその友達が少しでもやりやすくなればと思い、なんとなく泣いた真似をしてみた。すると先生に、「直樹君は泣かなくていいの」と注意されてしまった。言い方は厳しくなかったし、今思うと、ツッコミ的なニュアンスもあったのかもしれない。ただ、僕からすると、なんと余計なことをしてしまったのかと後悔してもしきれなかった。出過ぎたまねだった。本当に泣きそうになった。

　そこでも、言葉を介して自分の意図を先生に伝えることが出来ていなかったのだ。実際には、気持ちなんてものは、正確に相手に伝わるものでもないのに、ごく稀《まれ》に言葉や所作によって正確に解り合えてしまう瞬間があるものだから、その幻想に惑わされて、ついつい期待したり裏切られたりしてしまうのだろう。

せきしろ

肥料で悩んでいる
ホチキスでとめられるかの賭け
陶器の犬を買った動機を教えて
皆が触るところの色とてかり

中学のジャージで寝ている
洗い残した鍋がある
白熊の背中しか見えない
炬燵の中にも無かった

明日から来なそうな新人バイト

拾ってあげようとした小銭がUターン

何か動物の穴に違いない

思ったよりお礼を言われなかった

動く気配は小さいおばあちゃん

今年初のモンシロチョウである

小銭がおろせるATMに出会う

人が住んでいるか自主的に調べる

又吉直樹

女子だけ全員帰った

唾吐いて魔法陣

隣の楽屋が楽しそう

炊飯器が大きくなってしまった

知らない人の始球式

この話し方の店員からは買わない

黒のマスクで来た

持つところも熱いから口を近づける

老人が止まって飛行機を見る

武士の恰好をしたガイドと歩く

地蔵のイラストとありふれた言葉

ずっと掃除されない箇所がある

教えた人に説明されている
返金されないロッカーだったか
和訳の歌詞で唄わなければいけなかったのか
端数の小銭出しただけだろ

朝を知らない町の朝

私は知らない町が好きで、意味もなく訪れる時がある。あるいは仕事でどこかへ行った時に足を伸ばしてみることもある。特にかつては賑《にぎ》やかだっただろうと思わせてくれる地方都市が好きだ。

しかも私はビジネスホテルも好きである。日帰りできても可能な限り泊まることが多い。よって知らない町のビジネスホテルが異常に好きだ。

チェックインする時のワクワク感は何ものにも代え難い。部屋の鍵を受け取り、フロントに置いてあるホテル周辺のマップを手に取り、行かなそうな飲食店のクーポンなんかも一応取って部屋に向かう。

部屋に入ってとりあえずテレビをつけてみる。初めて見る情報番組に見慣れないタレント、あるいは懐かしいタレントが出ていると、「別の町に来たんだなあ」と実感する。また、全国ネットの見慣れている番組であっても画面の左上あたりに出ている天気予報の地名がいつもと違い、そこでもまた別の町だと実感する。もちろん初めて聞く企業の、パチンコ屋の、そして中古車屋のＣＭでも知らない町を感じる。

何か食べようと外に出る。午後六時頃の知らない駅前には高校生がいて、部活帰りのジャージに書かれている校名は聞いたことのある強豪校で嬉しくなる。ファストフードの店があるともしも自分がこの町で生まれ育ったらここに行くんだろうなとか、塾があるとここに通っていたかもしれないな、などと考える。

コンビニに寄ってホテルに帰り、廊下を歩くと自動販売機の灯りが出迎えてくれる。スーパードライの値段が絶妙に高い。しかしこの価格もまたビジネスホテルらしさだ。

部屋に戻ると買ってきた食べ物を並べ、だらしのない格好で飲み食いしながらまたテレビを見て、「この番組ってこの時間にやってるんだ」なんてことを思っているうちに寝てしまう。

朝食が無料の場合は無理して起きるが、そうではない時は点けっ放しのテレビの音を聞きながらまた知らない町を感じる。

そんな思いに浸っているとチェックアウトのことを思い出し慌てて規定を確認し、午前十時ではなく十一時だと知った時の安堵と喜びは計り知れない。逆は地獄だ。

覚えなくていいものもある

夜中に一人で散歩してたら、自転車に乗って通り過ぎた知らない男が、僕の顔を見るなり慌ててブレーキをかけ、「おう、又吉！」と言った。その口調が他人ではなく、知り合いに向けられたものじゃないと成立しない言い方だった。街中などで、僕のことを知ってくれている方から声をかけられる機会はたまにある。以前、吉祥寺で知らない子供に、「おう、こんなところでめずらしいね」と言われたこともある。そういう経験をもとに判断したとしても、知らない人が声をかけるときとは違う響きがあった。

その「おう、又吉！」には、「おう、久し振り！」と似たニュアンスが含まれているように感じたのだ。僕が忘れているだけで、おそらく過去にお世話になった先輩かスタッフなのだろうと思った。だとしたら、「すみません、誰でしたっけ？」と聞くのはあまりにも無礼過ぎる。一瞬で記憶を探ってみたが、思い出せない。どこかに居たような顔ではあるが。相手はずっと僕の顔を見ている。これ以上は待たせられない。

僕は、「ああ、こんばんは！」と相手に言った。もちろん、「ご無沙汰しています！」というニュアンスを含めて。

すると、男が「えっ、俺のこと知ってんの？」と言った。やってしまったと後悔したが、いきなりプランを変えるわけにもいかないので、生まれてしまったズレを微妙に解消していくしかない。

僕は知らない男に、小さな声で「いやいや」と言った。この「いやいや」には、「いやいや、なに言うてますの？　知ってますやん」と、「いやいや、なに言うてますの？　知ってるなんて言うてませんやん」という二つの完全に矛盾する響きを含ませた。相手は正直に混乱していて「え？」などと言っている。次の話題に早く進んで、僕が男を知っていたかどうかを追及されないようにしなければならない。「なにされていたんですか？」と聞こうと思ったとき、男が、「俺、〇〇の同級生」と言った。その〇〇は、僕がお世話になっている先輩の芸人だった。「そうなんですね！　いつもお世話になっています！　お伝えしますね！」と僕が言うと、男は不思議そうな表情で僕を見つめて、「えっ、同級生なだけで話したことないけど」と言った。なぜ男は僕に話しかけて来たのだろう。

待っていたのは歯医者からのハガキ以外

元々文章を書く仕事をするようになったのは投稿がきっかけである。とはいっても、小説を投稿したり、脚本を投稿したりしていたわけではなく、ラジオや雑誌の投稿ページにネタを書いたハガキを送っていたことが、書くことが生業《なりわい》になった要因なのである。投稿しているうちに雑誌の仕事を貰うようになって、今に至る。ずっと続ける気はなかったものの、いつの間にか選択肢がなくなっていた。

投稿で今の私が誕生したものだから、私と投稿はいつまでも切っても切れないものとなっていて、投稿されてきたものを選ぶという仕事が断続的にある。たとえばなにかお題をひとつ出すと、ハガキやメールがたくさん届き、それら全てに目を通して、優秀作を決めたり、誌面に載せるものを選んだりするのである。

それは決して楽な仕事ではなく、それなりの時間がかかるのだが、それ以上に発見が多い。投稿者の年齢層も幅広いから、子どもの視点に驚き、老人の深みを感じる作品に感心するなど、自分にはない引き出しのものに接することができて大変勉強になる。

数年前、いつものように机の上に積みあがったハガキを一枚一枚読んでいたら、弱々しい文字が目に入った。筆圧がゼロに近い小さな文字で、なんだこれはと私は興味を持った。差出人を見ると住所が病院になっていた。どうやら入院中らしい。弱々しい文字には理由があったのだ。

もしもこの作品を採用したならば、この投稿者は元気になるかもしれない。採用されることが何かしらの励みになることは自分も投稿していたからよくわかる。しかし、問題はこの人の作品が一定のレベルに達していないことだ。私は迷って採用しなかった。

一ヶ月後、その人からまたハガキが来ていた。今度は前回よりレベルがアップしており、私は迷わず採用した。正直なところ、この一ヶ月の間に何かあったらどうしようと思っていたのでホッとした。

また過去に刑務所からの投稿が来ていたこともあった。封書で来ていて、検閲の印があった。それは面白いネタの投稿であったから、これを検閲されたのだなと考えると感慨深かった。もしかしたら面白くなかったものは検閲を通らなかったのかもしれない。そんなことを考えたりもした。

歯をみがくタイミングが同じ

三年前に書いた『火花』という小説が新宿の紀伊國屋ホールで舞台化されることになり、自分も小説には登場しなかった原作者役で出演することになった。

稽古から公演までの一ヶ月以上を共演者とともに過ごした。観月ありささんをはじめ、個性的な俳優が揃うなか、宮下雄也さんという役者さんが気になってしかたなかった。宮下さんは公演期間中、大好きなお酒を一切飲まなかった。理由を聞くと、「芸人さんを敬愛しているので、この公演で芸人役として漫才をやらせてもらうにあたって、神聖なスタンドマイクの前に立つための準備です」と話してくれた。宮下さんの真摯《しんし》な気持ちを聞いて、役者の覚悟に感動しながらも、自分自身をふくめ昔から多くの芸人が二日酔いのままでスタンドマイクの前に立ってきたことを説明するべきかどうか迷った。

宮下さんは楽屋でよく筋トレをしている。僕が他の役者さんと真剣に話している時にも、背後に気配を感じて振り返ると、汗だくの宮下さんが歯を食いしばり謎のゴムを両手で必死にのばしながら、「又吉さん、これかなり効きます！」と教えてくれる。「なぜ僕に？」

などとは考えない。これが宮下さんなのだ。

ある日、本番前に宮下さんが「これ、めっちゃ面白いですよ」と言って一冊の漫画を貸してくれた。このタイミングで渡すということは、ここに原作者を演じるヒントが隠されているかもしれないと思い、ページをめくった。確かに興味深い内容だったが、主人公が残酷な人生に翻弄される様が容赦なく描かれていて怖かった。読んでいるうちに憂鬱になり、この心境で本番に入れるか不安になってきた。すると宮下さんが、僕に近づき、「まったく救いないでしょ？　これ読むとへこむんです」と言った。そうだ、これが宮下さんだ。その後、僕は不安を抱えたまま舞台に上がることになった。

宮下さんは優しい。僕がフリスクを食べながら、「この50倍くらいスースーするのがあればな」とつぶやくと、「ありますよ」と宮下さんが言った。そんなものは発売されているわけないのだが、宮下さんは自分のカバンのなかを、「あれ？」と言いながら長い時間探してくれた。そして、数分後に「ありました！」と叫びながら、差し出してくれたフリスクは僕が食べているものと味も形も値段もまったく同じものだった。

集団のうしろを歩くことに

明らかに元セブンイレブン

背の高い百合が下を見る

古い看板の局番が少ない

失敗したことしかない醤油の袋を破る

おばあちゃん家の天井だった

造花に触れた生花だ

飲めそうなものが卵しかない

せきしろ

遊園地の最後で怒られる

ユニフォーム姿の子が下を向く

双眼鏡売り場で見られている

夜景に光る釣具の文字

又吉直樹

もはや犬ではない
晴天だが雲も描いた
靴ずれの人を待つ
一口が大き過ぎる

翻訳したような謝罪文だ

夏の日差しの中で動く喪服

新幹線で宿題をする子

セルフの水のコップが熱い

プレゼントかもしれない袋がある

盆踊りを睨むヤンキー

虫は一匹ではなかった

裏返したのは花火大会のチラシ

帰りに寄る時間はなかった
伸びたツルを切る音が聞こえる
母親に熱弁する子がいる
駐輪場がとにかく光っている

歯医者で二巻まで読んだ

傘でブレーカーを探す

昔のカレンダーに騙された

パン千切った人の指を見る

せきしろ

今日の天気をまだ知らない

若い頃、自堕落な日々が続いた。

目が覚めてもすぐには起き上がらなかった。ぼんやりと、見たばかりの夢のことを考えていた。懐かしい人が出てきて、懐かしいことをした夢だった記憶は残っているものの、なかなか内容が思い出せなかった。そうしているうちに、夢の記憶を急速に失い、何も思い出せなくなった。

虚無感。カーテンの向こうは晴れているようだ。何か予定があるわけではない私は、起き上がる気はなく、枕元の周りに本がないかと探した。あればしばらく布団の中で読書しようと思ったのだ。しかしこういったことは今に始まったことではなく、過去に何度もあって、そのたびに読んだ本しかない。しばらく読んでいない漫画でもあればベストなのだが、それもない。他に何か文字が書いてあるものを探した。手を伸ばせば届くものといえば、買って読んで、その後鍋敷きにしてそのままずっと片付けていないスポーツ新聞くらいしかない。

　傍らに犬の玩具もあった。子犬にリモコンが付いていて、ボタンを押せば歩いたり鳴いたりするものだ。どこか懐かしさを感じて買ったものだ。明確な目的はなかったから、箱から出して、少し遊んですぐ飽きて、そのままそこにあるのだ。

　手を伸ばしてリモコンを取り、ボタンを押す。ボタンは二つあって、片方のボタンを押すと子犬は歩き、もう片方のボタンを押すとキャンキャンと鳴いた。理由も規則性もなく、ただただ自由に私はボタンを押した。子犬は動いて、鳴いて、鳴いて、動いた。どんどん離れて行ってコードが伸びきったので引き寄せると、子犬は倒れた。それでも私はボタンを押していたから足をバタバタさせ、鳴いた。

　いつしか子犬を見ずにボーッとしながら押していた。エアコンのフィルターを掃除しないといけないとか、ここの天井はあみだくじができそうでできないとか、コンポの時計を合わせないといけないなとか、そろそろガスが止まるんじゃないかとか、どれも深くは考えずに次々といろんなことを考えた。夢のことはもう忘れていた。その間も犬は鳴いていた。

　やがて何かが焦げたような香りがしてきた。匂いの元を確かめると犬のコードが焦げていた。ボタンを押しすぎたのだろう。私は犬の玩具で遊ぶのを止め、やっと起き上がった。カーテンを開けると晴れてはいなかった。

ペヤング食べて眠るだけ

誕生日を迎えて三十八歳になった。それにしても、誕生日は過ごし方が難しい。普段ならどうでもいいようなことが妙に気になってしまう。

普通に過ごせばいいのだろうけれど、普通ってなんだ。この場合、「普通」は「自然」という言葉に置き換えてもいいとおもう。とはいえ寝て待つのはもったいない。そうなると自然に過ごすことが一気に難しくなる。

今年は締め切りが過ぎた文章を書きながら誕生日を迎えることにした。遅れているのだから反省すべき状況なのだが、ありがたかった。締め切りを過ぎているのだから書く必然性があるし不自然ではない。

それでも、「それ本当か?」という声が頭のなかで響いている。いや、締め切りに遅れているのだから本当だとその声を打ち消した。理屈で自然体を手に入れた。ようやく一連の疑問から抜けだして文章を書くことに集中できたのだが、ついつい時計を見てしまった。

あと十分程で誕生日を迎える。それを知ってからは、深刻な場面を書いているのに、「ケーキ」、「サプライズ」、「マリリン・モンロー」といった誕生日にまつわる単語が頭に浮かんで仕事にならなかった。われながら単純な意識の流れだ。

どうにかこうにか切りのいいところまで書き終えた頃には誕生日をとっくに迎えていた。深夜ではあるが、これくらいの時間から先輩や後輩と合流して飲むこともたまにある。しかし、いかんせん誕生日だから誘いにくい。なぜ自分が誘われたのだろうと相手を悩ませてしまうかもしれないし、お祝いしなければと気を遣わせるのも心苦しい。隠していてバレたら同情されてしまうかもしれない。

結局、一人で酒を飲みにいった。カウンターに座り飲んでいると、僕のほかに一人だけいたお客さんから、声をかけられた。その方は、初対面だったが今度僕の本を作ってくれる編集の方だった。その方は「又吉さん、お忙しいから打ち合わせには参加できないと聞いてます」とおっしゃった。僕は打ち合わせに参加できないくらい忙しいはずなのに酒を飲んでいる。「でも自由律俳句を見直したり、エッセイを考えたりしながらですよ」とか、「さっきまで原稿書いてたんです」とか、「誕生日なんですよ」とか言えばよかった。

部活終わりの暗い雪道を

父親は中学校の教師であり、私は父親と同じ中学校に通った。朝起きて一緒に朝食を食べ、別々に登校、同じ校舎で過ごして、別々に下校し、家でまた会うという生活であった。親子であるから一緒の授業になることはなく、私の学年そのものに父親が関わることはなかった。そのため父親がどんな授業をしていたかはわからない。

ただ私はバスケットボール部に入ったのだが顧問が父親であり、そこでの関わりはあった。

基本的に話すことはなかった。褒められたことはなく、逆によく注意はされた。私を代表して怒って、それを他の生徒に伝える形である。中学生ながらに「きっとそういう意図があるんだろうな」となんとなくわかっていたので嫌ではなかった。父親は「息子を特別扱いしている」という空気にしたくなかっただろうし、私もそういうふうに映らないようにしないといけないと思っていたので絶えず気を張っていた。

家に帰るといつもの父親に戻っていて、私と弟がファミコンばかりやっていると取り上げたり、その取り上げたファミコンを私が寝た後にやっていたり、そんな感じだった。また漫画に対して驚くほど寛容であって、漫画をいくら読んでも怒られることはなかった。今の仕事になって、この漫画を読みまくった経験は大いに役に立っている。

家で部活の話をしたことはほとんどなかったが、バスケットシューズを買ってきてくれたのを覚えている。確か、一年生はバスケットシューズを履いてはいけないという実に昭和っぽい暗黙のルールがあったので、二年生になった時のはずだ。田舎には私に合うサイズがなくて、大きな町から取り寄せてくれた。

中学3年生の夏に地区大会で敗退し、そこで私の部活は終わった。

それから30年以上の月日が流れた。私はあの頃の父親の年齢をとうに越し、その分父親も老いた。二人で話すのは昔のことばかりで、自然と当時の部活の話もするようになった。今思えばあの頃は、人生の中で父親と過ごした最も濃密な時間だった。

ある日また部活の話をしていると突然「あの時のお前のプレイは良かった」と言われた。私は初めて褒められ、当時の緊張から解き放たれた気持ちになった。

不意に感情を揺さぶられた私は電話がきたふりをして外に出た。

アラームの表示さえ眩しく

時間が無いと感じることは多いけれど、日常の中で無駄な時間を過ごしていることがないか振り返ると、かなりある。たとえば、空腹を満たそうとラーメン店の前まで歩き、そこで店が閉まっていることに気付く。夕方の時間帯だけ閉めている店が多いと知っているのに、つい事前の確認を怠ってしまう。

だが、事前に連絡して「やってますか?」、「やってますよ」と確認を取ることも無駄に感じる。「やってませんよ」の場合のみ無駄にならない。小さな無駄を避けるがために、大きな無駄に嵌《は》まってしまう。

ロケの前乗りで大阪のビジネスホテルに泊まる。関西でしか放送していないバラエティー番組を観る。自分が芸人であることも忘れて笑う。終わるとチャンネルを回す。いつまでもバラエティー番組が繋《つな》がって行く。自分の家ではない場所で、馴染《なじ》みのない番組を観ていると、日常から切り離されたような感覚になって、なにかに脅かされることなく楽しめる。

だが、テレビを消したあとに、「笑ってる場合か」と厳しい自分の声が頭の中で響き、自己嫌悪に陥る。この時間に片付けるはずだった作業も手付かずのまま。その憂鬱を消すためにテレビをつける。そして、またバラエティー番組を探し、笑い、再び自己嫌悪に、という虚《むな》しい渦に巻き込まれていく。

時計は午前三時を指している。一時間だけ、作業をしようと心に誓う。眠たいけれど気ままに過ごした報いだ。気合いを入れるため、外に出て缶珈琲を買う。朝方なのに、気温が高い。

そういえば、子供の頃、甲子園で沖縄水産と天理の決勝を観戦した時も暑かった。あれはいつだったか？　大野倫《りん》という沖水の投手を必死で応援した。あの時の甲子園の気温は何度だろう？

部屋に戻り、ネットで調べる。大野選手が決勝で投げたのは一九九一年の夏。対戦相手は大阪桐蔭。天理との決勝はその前年で、大野選手は投げていないらしい。記憶が曖昧で迷子になった。気温も解らない。カーテンの隙間から朝が来る。急に怖くなる。もう仕事をする体力は残っていない。今日に備えて、眠ることが先決だと考え電気を消す。あらゆる優先順位を間違えたことに対する後悔に襲われる。自分を救ってくれるバラエティー番組はもう流れていない。

せきしろ

バイキングで誰もテーブルにいない時間

又吉直樹

電話来てカレーライス冷える

せきしろ

水たまりを避けて二塁へ

松原
4
10
連動制御箱

又吉直樹

写真にうつらない月を仰ぐ

せきしろ

煎餅を湿気させた油断

又吉直樹

暗い奴が洞窟で声が響くか試していた

せきしろ

夏の午前の本屋にいたい

又吉直樹

電球が切れて続きが書けない

かけ過ぎた塩をはらう指

せきしろ

破れた金網を通る近道がある

又吉直樹

使用禁止のブランコが怖い

せきしろ

魚のここは親が食べるところ

又吉直樹

本を忘れて浴槽で迷う

又吉直樹

店員同士の絆が凄いことはわかった

せきしろ

誰もいない時計店で動いている針

又吉直樹

「御」を消し忘れて出した

もう一度数を数える

子どもの頃お化けが怖くてたまらなかった。しかし一九八〇年代なんてオカルトだらけであったし、その手の話は嫌いではなかった。

ある日年上の親戚に「死刑台の階段は十三階段なんだよ」と教えられた。その日から私は十三階段が怖くて仕方なくなった。追い打ちをかけるように十三階段のアパートが舞台の怖い話をテレビで見た。これが決定打となり、私の頭に「十三階段」という言葉が深く刻まれ、忘れることが出来なくなってしまった。

私は無意識に数を数える癖があって、父親が運転する車に乗っては電柱を数えたり、対向車を数えたりしていた。これらは特に問題なかったのだが、階段を上る時に段を数えることもあって、これが厄介だった。「この階段が十三段だったらどうしよう！」と日々怯《おび》えているのに、無意識に段を数えてしまう。自分が住んでいるアパートの階段がもし十三段だったらどうすれば良いかわからない。そんなこと知りたくない。知ってしまったら最後、私は四六時中震えながら暮らすことになる。

そこで、数えていることに気づくや否や数字を忘れる努力をした。落語の『時そば』の要領で、頭の中で「五、四十六、三億」などとランダムに数字を矢継ぎ早に思い浮かべる。すると今何段なのかわからなくなる。それがうまくいかない時や、ぼーっとしていていつの間にか八段くらいまで数えている時など緊急性が高い場合は「うおーっ」と雄叫《おたけ》びを上げ、力ずくで忘れた。数えない限り私の中では十三段ではない。

ただ、他の忌み嫌われる数字、たとえば四とか九はまったく平気で、不吉だとか縁起が悪いとか一切考えない。考えてみると十三という数字自体も怖くない。私はいまだあの頃の怖い話に囚《とら》われているのだろう。

私のように数を数えてしまうというのは少なからず何かの症状であるらしいから「階段を数える行為に一生つきあっていかなければいけないな」と思っていたのだが、最近は階段を上るのが体力的に辛くて、数を数えている場合ではないことが増えた。エスカレーターがあればエスカレーターを使うようになった。「老い」が「恐怖」に打ち勝ったのだ。

そういえば、私のおばあちゃんはお化けなんてまったく怖そうではなかったことを思い出した。やはり「老い」は「恐怖」に勝つのだ。

五百羅漢の背中が暮れる

大分県宇佐市にある東光寺に、五百羅漢が並んでいる。何列かにわたって並んでいるのだが、前方に鎮座されている羅漢様はユーモラスな顔をしていて笑ってしまう。後列にいくに従って、神妙な面持ちになっていくのが面白い。

必ず自分に似ている羅漢様がいると説明を受けて、過去にもそういう場所はあったけれど、それらは良い意味で微妙な差異で、かなり自分なりの想像力と解釈が必要だったし、だからこそ心が徐々に静まっていくようだった。だが、東光寺の五百羅漢を一目見て、そのバリエーションの豊富さに驚いた。

暑い夏の盛りだったが、見ていていつまでも飽きなかった。

昔から、人の顔を見てしまう癖がある。学生時代はそれが原因で不良にからまれたこともあったし、芸人になってからも先輩に「なに見てんねん」と怒られたこともある。

なぜ人の顔が好きなのか。表情の変化だけで感情が読み取れたり、状況が把握できたりすることが楽しい。下品なことだとは解っているけれど、やめられない。

小学生の頃、一つ年上の先輩と日曜日に校門の前で待ち合わせた。先輩は来なかった。次の日、学校で「ずっと待ってたのに、なんで来んかったん？」と言ったときの先輩の困ったような開き直ったような表情が忘れられない。先輩は無言だったが、これ以上は言わないでおこう、と思わせる説得力があった。

中学生の頃、静かな女の子が背中で教室の電気を消してしまい、注目された時の表情も忘れ難い。見てはいけないと思いながらも、最後まで見てしまった。

十代の頃、お付き合いしていた彼女が、「ちょっとまっちっち」と意味不明の言葉を発したあと、目を大きく開いた表情も印象深い。その後確認すると、姉と二人だけの言語として使っていた「ちょっと待って」を思わず言ってしまった自分自身に驚いた表情だったらしい。

以上は五百羅漢の表情を眺めながら思い出した出来事だ。羅漢様が並ぶ中央の階段をのぼって振り返ると、当然だけど無数の背中があって、どこか頼もしく、どこか間が抜けていて面白かった。背中は背中で思い出す風景があった。

嘘だろ今度はコピー用紙切れ

私は書いたものをプリントアウトしたくなる質《たち》である。パソコンのモニタではどうしても集中して読めないのだ。そこに気分転換という理由も加わり、コンビニまで行ってデータをプリントアウトする。そのまま喫茶店などに入って、原稿を読み直したり手直ししたりするのだ。そのためコンビニのコピー機を使う機会が多い。

コンビニに入り、誰かがコピー機を使っていた場合、瞬時に判断を下さなければならない。待つか、それとも他のコンビニへと移動するかのどちらかだ。

店で待つ場合は、決して使用している人の後方に並ぶようなことはしない。コピーしている人にプレッシャーを与えてしまうからだ。逆に自分の後ろに並ばれると異常にプレッシャーを感じてしまい、耐えきれなくなって作業を途中でやめてしまう。その場合、途中でやめたことを気づかれてはいけない。「私がプレッシャーとなってやめたのかな。だとしたら悪いことしたな」と思わせてしまうのが申し訳なく、また「俺のプレッシャーに耐えられなくなったようだな。さっさとどこか行きやがれ！」と思われるのも癪《しゃく》であるからだ。そのため私はあくまで平然と、あたかも予定通りだったかのように作業を手早く終わらせ、別のコンビニへと急ぐ。

では、後方に並ばずにどうやって待つのかと言えば、店内で何か買うふりをして待つ。しかし、延々と楽譜をコピーする人や、コピー機に慣れていないために試行錯誤しながら何かの会合の案内をコピーする人を待ち続けるのは難しく、商品を迷っている演技をずっと続けることもできないので、この場合は待つ選択はせず、すぐに別のコンビニに移動するしかない。

また私が店内で待っているにもかかわらず、後から来た別の人が並んでしまう場合もある。私は「よく並べるなあ」と感心する。向こうからすれば「なぜ並ばないんだ」と思うだろうが、もはやこれは自分だけのオリジナルマナーみたいなものなのだ。もちろんこの場合も別のコンビニへと移動する。

先日、女子アナに関する雑誌や新聞の記事の切り抜きを並べ、A3サイズで次々とコピーしている人がいて、そっとその人の紙袋を覗き見たら、切り抜きの量が半端ではなかった。もちろん別のコンビニへ移動した。

朝まで起きてただけの夜

誰かから手紙をいただくことがあれば、カミソリが入っていない限り、読むようにしている。実際にカミソリの刃が入っていた時は、おもわず笑ってしまった。自分に向けられた悪意よりも、嫌がらせとしてカミソリを手紙に入れるという平凡な発想を恥じずに実行できてしまうメンタルが恐ろしかった。

何かを相手に伝えたい時に無茶をすると主題が変わってしまうので気をつけなければならない。一メートルもヒゲを伸ばしている男に「散髪失敗したんすよ～」と相談されても、まったく耳に入ってこない。そんな状態になってしまう。カミソリ入りの手紙を送られてしまったことも恥ずかしかったし、不快だったので、手紙は読まずに捨てて、カミソリの刃は燃えないゴミとして捨てた。だから、あの手紙は本来の目的を果たせていない。なにか感情がそこにあって、それを伝えたくて言葉に変えて手紙を送ろうと考えたのなら、中途半端なことをしてはいけない。アホ面《づら》さげてホームセンターにカミソリの刃を買いに行っている場合ではない。楽せず、真摯に自分の感情と向き合い、自分の言葉こそを尖《とが》らせなければならない。

表現や批評というのは難しい。そこに首を突っ込むと次は自分が審査されることになる。僕の評価だと、怠け性のカミソリ青年はズルをしたので、三回休みでマイナス四万点からの再出発になる。真剣さが足りない。想いが弱い。厳しいことを言うと、僕に手紙を送ろうと考えた瞬間のカミソリ青年の怒りの感情や呪いを、それを受け取った瞬間に僕の感情が強さにおいて越えてしまっている。

カミソリ青年よ、キミはかめはめ波が出ないと解っていて、ポーズだけでやっている狡《こう》猾《かつ》な奴だ。僕はかめはめ波を出すつもりでやることにしている。だから、キミの呪いが僕に届くことは永遠に無いけれど、僕の呪いはキミに届いてしまうかもしれない。覚悟した方がいい。

嘘やで。嘘に決まってるやん。ちょっと雰囲気出してみようと思っただけ。怠け性のカミソリ青年とか言うてごめん。カミソリの刃が入ってた時、めっちゃビビった。もう怖いからやめて。手紙もほんまはめっちゃ読んだよ。怖かった。でもキミは字が汚いから、今度は、お母さんに書いてもらってね。

覗くと神輿が少し見える

事故現場が車窓を流れていく

見たことのある人の選挙区を知る

タイヤに付いているどこかの泥

良い靴が無いから家にいる

電池を入れたら多分動く体重計

神棚の大きさが業務用

バスケ部かバレー部の集団とすれ違った

思い出してもうまい

酔ったおじいさんが手を繋いでいる

絵の上手いバイトの子がいるな

連なったショッピングカートを巧みに押している

置いてるだけのたこ焼き器

期待はずれのサービスエリアを去る

途中としか思えない飾りつけ

傷だらけのスプーンで食う

マネージャーみたいな手帳の人

蕎麦食べ終われたほど待ったエレベーター

空港が近いとしか考えられない

ふぅふぅが口笛になった

募金活動を背後から見る
電線の影が揺れているから風がある
もう引き返せないということもない
ルールを変えて欲しいと言われる

人の足跡と犬の足跡のふたつ

古い窓の向こうにあるカーテンも古い

隣の隣が引っ越ししたようだ

割れたワンカップも反射

又吉直樹

用途の無い棚を眺めている
ピーマン系の野菜だとはおもう
リュックからだす機会がなかったオセロ
胃薬も吐いてまた飲むべきか悩む

誰も喜んでないよと言われないとやめない

コンビニ。ひとりの男性が入ってくる。男性は迷うことなくガムが並んでいる棚へ向かい、その中のひとつを手にとる。

私はピンと来た。なぜなら一切迷うそぶりがなかったからだ。ガムは一種類ではないのだから、通常ガムを選ぶ時間がある。たとえいつも買うガムが決まっていたとか、最初から買うものを決めていたとしても、そのガムの場所を探すための時間は必要である。どの店も同じ売り場の同じ所にお目当てのガムが置いてあるわけではない。加えて男性はどこかそわそわしているように見えた。

「ん？　やるな、あいつ。やるな」

私は思った。男性は足早にレジへと向かい、素早く代金を払い、店員になにか言ってレジから離れた。

「ああ、もう決定だ」

私は確信した。思った通り男性は店内のトイレへ。

「ほらやった！」

すべて私の読み通りだ。

まるで私は万引きGメンのようであるが、もちろん違う。そもそも男性はガムの代金を払い、購入している。万引きをしていない。

しかし、男性がトイレから出てきたら万引きGメンのように近づいてこう言う。

「お客さんすみません、先程買った商品を見せてもらっていいですか？」

差し出された男性の手にはガムがある。

「やっぱり。私はずっと見てたんです。あなたがガムを買うところを。本当はコンビニのトイレを借りたいだけなのに、それだけだとなんか悪いかなって思って、気を遣ってガムを買いましたよね。私、ずっと見てました。あなたは気遣いができる人だ！」

すべては空想だ。私も男性のように気を遣ってしまいがちで、つまりは自意識が強めなのだ。それなのに「気遣ってましたね」なんて言えるわけないし、逆に言われたら恥ずかしくて発狂してしまう。見て見ないふりをするのが良い。

それにしても自意識強めの人を見つけるなんて、それはさながら万引きGメンではなく自意識Gメンかと思い、自意識の「G」とGメンの「G」がかかってるぞなんて思ったりもしたが、自意識の頭文字は「J」だと気づいた。

数千文字に比肩する微笑み

渋谷のはずれを一人で歩いていた。タクシーに乗ろうと思ったが、なかなか空車が通らず、なんとなく駅の方へ歩き続ける恰好《かっこう》になってしまっていた。歩道ですれ違った青年に声をかけられ、彼の質問に答えているあいだに会話になっていた。

「もしかして又吉さんですか？」

「はい」

「うわっ！　写真撮ってもらえますか？」

彼は僕が誰であるか確認すると驚いたが、僕だと見当をつけて声を掛けたわけだから、それが僕ではなかった場合、もっと驚かなければならない。

「もしかして又吉さんですか？」

「全然違いますよ」

「うわっ!!　写真撮ってもらえますか？」

こんなことを想像していると、彼と並んで歩いている時間が長くなった。一緒に写真も撮った。彼は、「緊張して手がふるえちゃいます」と言っていたが、何度か挑戦して、納得のいく写真が撮れたようだった。

「あの〜、質問していいですか？」

「なんですか？」

その間も僕達はずっと渋谷の駅に向かって歩き続けていた。彼は大学生で将来の夢があるらしい。ただ、自分が相談に乗れることなんてあるだろうか。芸人になりたいという人にならなにか言えるかもしれないけれど、それも二十年前の知識になってしまう。あの頃と比べれば現在はもっと複雑な手続きが必要かもしれないので、自信がなかった。

ところが彼の夢は、スポーツの魅力を発信していくことを中心に置き、世界を股に掛けて活躍するという大きなものだった。折角、学生さんが勇気を出して質問してくれているのだから、解らないなりにも社会人として思うことを正直に彼に伝えた。気がつくと僕達は渋谷の駅まで歩いてしまっていた。

最後に「頑張ってください」と彼に言うと、青年は真っ直ぐな目で僕を見つめ、「五年後、又吉さんに肩を並べます！」と宣言した。

早くない？　五年後、彼が二十七歳、僕は四十三歳。五年後は良いとして、十年後ものすごく威張られるのではないかと思うと恐ろしい。

この磯丸水産って前はなんだっけ

昔住んでいた町に変わった人がいた。

その人はいつも酔っぱらっているようで、大声で何かを言っていた。ご機嫌な時は冗談らしきことを言っては自らツッコミを入れ大笑いして、そうではない時は何かに対して、特に多かったのは政治に対して、文句を言っては怒っていた。通行人は関わらないようにさり気なく避けて歩くしかなかった。

私は毎日のようにその人を見かけ、そのたびに「今日もいる」とか「いったい何をしている人なんだろう?」などと思っていた。ああいうふうにはなりたくないとも思っていた。

そんな状態が何年か続き、私はその町を離れ、すぐに変わった人のことは忘れた。

数年後、仕事の打ち合わせでその町を訪れる機会ができた。相手はまだ私がその町に住んでいると思っていたらしく打ち合わせの場として指定してきたのだ。わざわざ「もうとうの昔に引っ越したんですよ」と言うのも面倒であり、その町に行ってみたい気持ちもあり、私は承諾した。約束よりも意図的に早く到着し、時間まで町を見て回ることにした。

明らかに変わった綺麗な駅を出ると、変わったところもあれば、変わっていないところもあり、懐かしさと新鮮さを交互に感じた。ずっとあった青果店があり、よく行った居酒屋は別のチェーン店になっていた。新しい建物ができていて、「ここって前はなんだっけ？」と考えてみるも一向に思い出せず、悶々《もんもん》とした時間を過ごしたりもした。

その時、大きな声が聞こえてきて、私の記憶は瞬時に蘇《よみがえ》った。「ああ、あの変わった人だ！」とすぐに理解した。

その人は向こうから歩いてきた。今日は怒っていないようだが、声は大きい。相変わらずだと思いながら、なるべく関わることのないよう、かつ不自然にならないように距離をとり、目線を外してすれ違った。

するとその人が「おお、久しぶり！」と私に言った。私がその人を覚えていたように、向こうも私を認知していたのだ。

「あの人って何をしている人なんだろう」とか、「毎日いるな」とか私は思っていたわけだが、向こうからすれば、私も同じような対象だった。

想像で苦しむ

フラッシュモブの映像を見るたびに当事者ではないのに緊張してしまう。大掛かりのサプライズを仕掛けてのプロポーズ。成功して女性が涙を流して喜んでいるのを見ると、素敵だなと思うし、感動するのだが、自分には絶対にできないと思う。

まず、僕には手伝ってくれる友達が少ない。先輩にはお願いできないし、後輩にも頼みにくい。ギリ友達くらいの関係の人にはさすがに頼めない。なにより、失敗した時のことを考えると怖くて仕方がない。もし、なんらかの理由でフラッシュモブを決行しなくてはいけない状況になったなら、かなり高い確率で僕はプレッシャーに負けて、前日の夜、彼女に全てを打ち明けてしまうと思う。絶対にあってはならないことだとは重々承知のうえでだ。

彼女に事前に相談して、承諾することを約束してくれるならフラッシュモブは決行するが、駄目なら絶対に中止する。多くの人の協力によって実現させたサプライズを失敗させるわけにはいかないからだ。

ダンスを踊る予定だった場合、みんなで何度か集まって稽古もしていただろう。

「五分だけ休憩して、もう一回だけ合わせよう」

そんな会話があったと想像すると申し訳なさすぎる。自分は彼等にどう謝ればいいのだろう。中止にするしかない。風邪をひいたと嘘をつく。だが、みんなも本番に向けて気持ちを作っていただろうから、「俺達だけでもやろうぜ」と正義感の強い奴が言いだすかもしれない。その場合、当事者の僕は彼等から失敗したと報告を受けることになる。地獄。

重圧に負けて彼女に話し断られたことを正直に話したらどうだろう。そうすれば、彼等を止められる可能性はあるけれど、「本当にやってみないとわからないよ」と前向きな奴が言いだすかもしれない。それくらいの感動があるのだと。勢いに押されて決行。失敗。その時、自分は協力してくれた仲間達に「だから、言うたやんけ！　やってみないとわからんことなんて、ほとんどないねん！　どう責任とってくれんねん！　結婚無理でも交際は継続できたかもしれんのに、この失敗でそれも難しくなったやろな！」と激怒してしまうかもしれない。

とにかく自分はフラッシュモブが恐ろしくて仕方がない。

消防車はどこに向かっているのか

ドッキリでしたと来ない

車椅子を中心に回る一輪車の孫

クセのあるアナウンスから情報を得る

冷蔵庫で氷が落ちる音

ロボットダンスのつもりだろうか

ブランコに濡らされた手を拭く

清志郎のモノマネで注意された

工作を持って帰る子どもを追い越す

各階に止まらないが平気だ

氷の下の川が黒い

飾られている水彩画と知らない名前

農家の私道を室内犬が走る

供えられた花から増えた

次に泣くのはいつだ

おざなりなテラス席に作業服の男四人

又吉直樹

石碑が教えてくれない
違うフタだった
指だけでノる
迂回して満月

これも持って行けと言う
想定より早い解散になった
自分が落としたことになった商品を拾う
彫刻刀で彫った穴を覗く

そうだふりかけがある

手書き看板の矢印に従う

でっかいぬいぐるみが観光地を見守る

冷蔵庫の食べ物を次々出されてもてなされる

呼びボタンが壊れているから終わり

知ってるクイズに困る

絶対に新入社員の着こなし

近所まで蹴り育てた石を諦める

バレないように直す

いつもできていたことが、突然できなくなることがある。

たとえばトイレの電気をつけようとした時。明かりをつけたいのに、まったく関係ない壁を触ってスイッチを探すことがある。前回トイレに来た時には問題なくできていたのに不思議だ。しかしそこには何もなくて驚く。前回トイレに来た時にはその場所にあったということが多い。「だから間違えたんだな」と思うと納得して安心する。しかしすぐに「だからといって普通、間違えるか？」と思う。引っ越して何年も経っているというのに。

壁にスイッチが3つ並んでいて、上から洗面所、風呂、換気扇だとして、それをもう何度も押しているのに、突然間違える。洗面所を明るくしたいのに風呂が明るくなる。洗面所を明るくしたいのに換気扇が消えてやけに静かになったりもする。たいていは「また間違えた」と思ってため息をつくくらいだが、たまに苛立《いらだ》つことがあって、「あーっ」と変な声を出す。その状態でスイッチを押し直し、またしても間違えたなら「もういい！」と拗《す》ねてしまい、暗いままにする。

間違えてしまうことは他にもある。「殺陣」という漢字を「たて」と読むことは知っているのに、いざ目にした時に頭の中では「たて」と読んでいない。「さつ……」となる。「相殺」を「そうさい」と読むのも知っているのに「そうさい」と読んでいない。「あい……」となる。「代替」もだ。これが頭の中だけの話なら問題ないが、もしも人前で間違えてしまったら恥ずかしい。「本当は正しい読み方を知っているんですけど、間違えてしまうんですよ！」と言ったところで誰が信じるというのか。「はいはい」と軽くあしらわれてしまうだけだ。それでも「本当に知っているんですよ！」と言い続けたら、「そうだね。知っているよね」と理解したようなことを言うだろうが、実際には理解などしていなくて、かわいそうな子のように扱われているだけだ。

私は右と左がわからなくなることもある。「左右失認」と呼ばれているようだ。いつか上下がわからなくなったらと考えると怖くなる。

これらのことを誰にも言わなければ誰にもバレないから問題ない。

「カウンターにしてください」と怒られた

クリスマスイブの夜、下北沢の街に行った。かつての自分は特別な日を一緒に過ごす男女を屈折した感情で観察したりすることもあった。でも、そういうのはもういい。幸せな人と自分の日常の差異によって生じる、現実的な痛みを捕まえるために行ったのではなく、憧れと憎しみが入り混じった感情を育てに行ったわけでもなく、幸せな時間を過ごす人達が笑っている風景をぼんやりと眺めてみたくなったのだ。ネガティブな理由ではないから、平和的な行動だと思っていたが、こうして文章にすると、なんか気持ち悪くなってしまったのが悔しい。もしかしたら行為としての異様さは増しているのかもしれない。

最近、心境に変化があった。今までは見るのがつらかった他人の幸福を一緒に喜べるようになった。とても素敵なことだと思っていたが、こうして文章にすると、バケモノの独り言のようになってしまうのがやはり悔しい。

クリスマスのようなイベントを純粋に楽しめる人は天才だとおもう。こんなにも自分が苦手とすることに成功しているのだから特別な才能の持ち主であることは間違いない。天井にクリスマスの夜景の写真を貼って腹筋を鍛えたり、トナカイの生態について調べたり、想像を絶する努力をしているのだろうか。

街には一緒に歩く男女が沢山いた。みんな笑顔で幸せそうだ。すれ違うたびに楽しい。「来年どうなってるか解らんけどね」「似た格好してる者同士で付き合ってるな」「朝の散歩くらい歩くのゆっくりやね」「クリスマスの雰囲気少なめの街やけど大丈夫？」「こんな日にどの店から出てきてんねん」というような嫌な視点が自分から消えている。そういうことが、本当になにも思い浮かばない。

カフェに入って自由律俳句を考えようと思った。店には無音でバック・トゥ・ザ・フューチャーの映像が流れていた。「バック・トゥ・ザ・フューチャーは音が無くても聴こえる」という句でもなんでもないそのままのフレーズが頭に浮かんだ。パソコンに文字を打ちながら変換すると、なぜか「バック・トゥ・在庫・フューチャー」という言葉になってしまった。どういう意味だろう。未来の在庫に帰るということだろうか。自分のどこかに残っている屈折した古い感情に戻れという啓示だったのだろうか。

ビデオテープのツメを折る永遠

高校生の頃、友人が録画したプロレスのビデオを借りて観た。その友人はドラマも録画していたので、『3年B組金八先生』の第2シリーズや『セーラー服通り』を借りたりもした。

私はその友人と一緒に上京することになった。友人がお笑いをやりたいというからついて来たのだ。しかしどうしても許せないことがあって、私は友人と離れた。返すきっかけを失ってしまったビデオテープだけが手元に残った。

二十年ほどの年月が流れたある日、知らない番号から電話が来た。私は出ずにすぐ番号を検索したが、特に怪しい番号ではなかった。もう一度同じ番号から電話が来たので仕事の依頼かもしれないと思い、出てみた。件《くだん》の友人の奥さんだった。友人の余命が僅《わず》かであるので会いに来て欲しいとのことだった。

私は迷った。私の中にはまだわだかまりがしっかりと残っていて、もしかしたら私の距離の置き方を向こうも良く思っていないかもしれない。その辺の話になったら正直面倒であったし、自分の中でそう簡単に処理できない気もしていた。とはいえ状況が状況であるし、行かないという選択肢はなかった。

次の日会いにいくと、友人は昔のことしか覚えてなくて、話すことは高校生の頃のことばかりであり、私と将来など何も考えずに遊んでいた時のことを昨日のことのように話していた。そんな姿を見ているとただただ悲しくなった。

友人は思い出を話すだけ話して眠ってしまった。眠りにつく前は私のことさえも忘れることがあって、時々敬語になっていた。

帰り道、ずっと借りっぱなしのビデオを持ってきて返せば良かったなあと思った。

それからすぐに友人は死んだ。奥さんから荷物が届いて、その中に一本のビデオテープがあった。友人が映っているもので、是非私に観てもらいたいとのことだった。

私は観なかった。こんな映像、観るにはかなりの精神力が必要であることはわかりきっている。

そういえば私はもうビデオデッキを持っていないんだ。だから観ることはできない。

又吉直樹

実家が外くらい寒い

年が明けてすぐ実家に帰ることにした。母親を含めて親戚が大阪市此花区に住む祖父の家に集まるということだったので、新大阪から直接祖父の家に向かった。

こたつに入った祖父を親戚が囲んでいた。遅れて参加した僕は祖父の隣に座らせてもらった。祖父は随分久しぶりに会う僕のことが誰かよく解っていないようだった。最初は親戚の皆が、僕のことをなんとか説明しようとしていたが、祖父は厳格で誰よりも信頼できる人物なので、祖父になにかを説明することに誰も慣れていなかった。

しびれを切らした七歳の甥っ子が祖父の耳もとで、「またよしなおき！　まご！」と大声で叫ぶと、祖父は大きな声をだし、「ありがとう！」と言って笑った。

しかし、それは曾孫が大きな声でなにかを伝えようとしたことへの感謝であり、やはり僕のことは解っていないようだった。

二回辞退した赤飯を、三度目に薦められた時には食べたりしながら、祖父にとって長女である僕の母のことや、祖父の妻である祖母のことを聞いた。祖父の、祖母を説明する言葉と、母を説明する言葉がほとんど同じだったことに妙な説得力があった。

「あんた、直樹くんね？」

唐突に祖父が言った。

「そうやで」

「直樹くんがするような質問だったから」

姿形ではなく、質問の雰囲気で孫の正体が解るというのが、祖父らしいと思った。

僕がトイレに行くと、「いまの又吉直樹か？　芸能人ね？」という祖父の声が聞こえてきたので笑ってしまった。あなたの孫です。芸能人という言葉がこんなにも寂しく響く瞬間があるなんて。

祖父の家を出て、実家に帰った。家なのに外のように寒かった。母と姉と三人で話していたが、部屋が乾燥していたのか咳《せき》がでた。のどになにかが引っ掛かっている。水が欲しいが、母も姉も咳《せ》き込む僕の顔をじっと見ている。自分では言いにくくて無理して続きを話そうとしたが、堪《こら》え切れずにまた咳き込んだ。すると、母が「直樹、熱いお茶飲む？」と言ったので、おもわず、「冷たい水や！」と言ってしまった。そんな一日のことを振り返りながら、母と布団を並べて寝た。布団の外に出ている顔が痛いほど冷えた。

せきしろ

注意書きが多い雑居ビルで面接

又吉直樹

雨の日の廊下が暗い

花壇は手入れされているから人はいる

又吉直樹

笑顔を仲良くない先輩にみられた

又吉直樹

このシートベルトは永遠にはまらない

せきしろ

歯のない子どもが踊る笑う

せきしろ

よろけそうなおじいさんの帽子に防犯の文字

又吉直樹

濡れた風呂敷に座る

せきしろ

証明写真を撮っている足は受験生

又吉直樹

行かなくなった美容室の人がいた

せきしろ

心霊スポットにコミカルな落書き

CANS SHOP

せきしろ

憂鬱を切り裂く保育園児の散歩

又吉直樹

どこでも何畳か数える人

又吉直樹

体を拭くのが鬼のように速い

せきしろ

シャボン玉が全部こっちに来るが気づかないふり

又吉直樹

句碑が無限に続いて進めない

負けたけど面白かったな

せきしろ

仕事の後輩ができた。

私には先輩しかいなくてずっと後輩の位置にいたし、基本的にひとりでやる仕事であってそこまで他人と交流する気もなかったので、初めてできた後輩だった。

私は文章を書く仕事をしていたものの、それほど仕事の依頼はなく、そんな時お笑いの舞台の仕事がきてやり始めた。そこに現れたのが後輩だった。

「ずっとファンです」

そう言われた私は悪い気はせず、一緒に仕事をするようになった。

お笑いの舞台の構成をしたり台本を書いたりしたところで、ほとんど儲《もう》かることはない。下手すると赤字だ。それでも楽しくて充実感があって、それだけで続けることができた。わずか数千円の売り上げがあってもそれを握りしめ、朝まで飲み食いをした。そして結局赤字になる。そんな状況なのに後輩はよく私についてきてくれた。

とはいえいつまでもそんな状態では野垂れ死ぬだけだから、テレビやラジオ、またはお金になりそうな舞台の仕事が来たら「ふたり一緒にお願いします」と頼みこんで、後輩も入れてもらった。

しかし後輩は優しくて、のんびりしていて、マイペースであったために忙しい現場だとどうしてもミスが多くなった。そのため後輩だけ辞めさせたいと言われたり、子供じみたあからさまな意地悪（後輩にだけ仕事の集合時間を教えない等）をされたりすることがあった。そのたびに私は一緒に辞めた。そして稼ぎがまた少なくなった。

私について来てしまったばかりに明らかに後輩の人生が変わっている、なんとかしてあげなければ、と強く思うようになったある日、後輩が死んだ。

私があの時ああしていれば、あの時こうしていればと後悔しかなかった。やはり私になんてついて来なければ良かったのではないか。もっとしっかりとした人についていくべきだと言えば良かったのではないか。しかし私も後輩といるのが楽しかったからそばに置いておいたのではないか。負けてばかりだったけど面白かったよな。お前もそうだよな？

そんな後輩が残していってくれたものがある。ある日、ひとりの芸人さんを紹介してくれたのだ。

それが又吉君だ。その日初めて会って、初めて自由律俳句の話をして、今に至る。

凍えた指で打つ夜更け

新聞で長編小説を連載している。過去に新聞連載で休載になったのは作者が病気になった時だけだと聞いたことがある。

これは自分もしっかりと準備をして挑まなければならないと思い、最初は二ヶ月分の原稿を準備して連載を開始した。それが、なぜこんなことになってしまったのだろう。現時点で原稿のストックが三日分しか残っていない。信じたくはないが、これは全て自分が招いたことだ。各所に迷惑を掛けているので、申し訳ない気持ちで日々を過ごしている。

寝ていても、原稿の次の言葉を考えてしまう。だが、眠っている時は、ほとんどの細胞が鈍くなっているのか、物語の流れとは、まったく関係のないホラー的な要素が混入してきたりする。眠りのなかの自分は、「なるほど、この手があったか。これで、すべて上手くいく」と救われた気持ちになる。だが、目覚めてみると、驚くほど使えない。主人公である三十代男性の内面を掘り下げている場面に、突然オオカミの顔をしたゾンビを登場させるわけにはいかない。こんなことなら睡眠時は全細胞、全力で睡眠だけに力を注いで欲しい。

学生時代、つらい部活の練習に向かう朝、「このまま電車に乗って海にでも行ってしまおうか」と現実逃避したい気持ちに駆られることがあった。

あの頃は、監督に叱られるとか親に心配をかけるとか、衝動を抑え込む機能がしっかりと働いていたが、今は大人で自己責任になるだけだから、実際に行けてしまう。

もう後がないという絶体絶命の夜、僕は中学時代からの同級生と横浜のライブハウスにいた。当日券で入ったライブだった。フロアには二十人くらいの客がいた。バーでお酒を買って、僕達も客席に座った。音楽が聴こえてくる。疲弊した細胞に歌声が流れ込んでいく。「朝」という言葉が聴こえると、そのまま朝の風景が、「夜」という言葉が聴こえると、そのまま夜の風景がひろがった。

凄《すご》すぎて僕達は二人で顔を見合わせて笑った。

「俺のほかにも埋もれてる才能ってあるんやな」と同級生が言った。

「やかましいわ」と僕はこたえた。

友人同士の哀《かな》しい戯言《ざれごと》の余韻が歌に残った。

せきしろ

断ったのに聞き返された

又吉直樹

ずれた毛布を探す

せきしろ

使ってない場所に日が当たっている

せきしろ

早口で注意事項を読み上げる係員

又吉直樹

大きなスプーンじゃ味が変わる

又吉直樹

断末魔の叫び並みのいらっしゃいませ

せきしろ

身体の柔らかさをアピールしてきた余所の子

その喜び方が失点以上に苦痛

又吉直樹

毎年蚊を殺している

又吉直樹

ラも唄う人だった

せきしろ

店主の似顔絵が描かれた看板だけある

せきしろ

レモンで硬貨を綺麗にしてそれだけ

又吉直樹

こんくらいの忘物なら捨てさせて欲しい

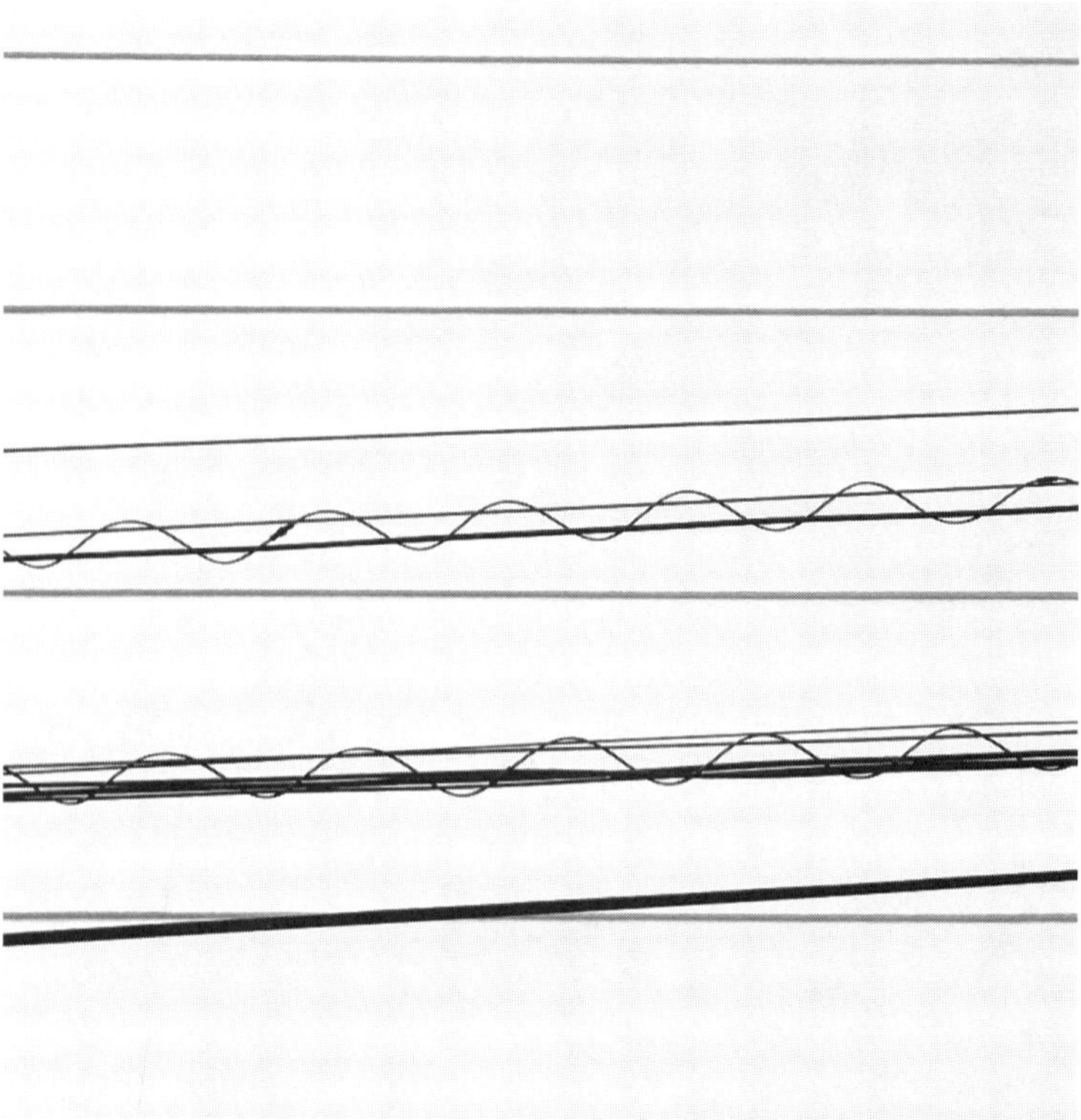

又吉直樹

帰宅したジャンパーから鮮やかなコイン

せきしろ

休み時間が終わって静かになる

又吉直樹

コロッケが熱すぎてケンカになる

同じ空の下にいなかった

又吉直樹

どこかに止まったはずの蝿が見えない

デザイン&写真――小野英作
編集――辛島いづみ
大島加奈子

本書は『小説幻冬』(幻冬舎)2016年11月号〜2019年4月号に掲載された
連載「ザーサイがでかい」を加筆・訂正いたしました。
書き下ろしも加えています。

蕎麦湯が来ない

2020年3月12日　第1刷発行

著　者　せきしろ　又吉直樹

発行者　鉄尾周一

発売所　株式会社 マガジンハウス
〒104-8003 東京都中央区銀座3-13-10
書籍編集部　☎03-3545-7030
受注センター ☎049-275-1811

印刷・製本　株式会社 光邦

©2020 Sekishiro, Naoki Matayoshi/Yoshimoto kogyo, Printed in Japan
ISBN978-4-8387-3085-8 C0095
JASRAC　出　2001601-001

乱丁本、落丁本は購入書店明記のうえ、小社制作管理部宛てにお送りください。
送料小社負担にてお取り替えいたします。
ただし、古書店等で購入されたものについてはお取り替えできません。
定価はカバーと帯に表示してあります。

本書の無断複製（コピー、スキャン、デジタル化等）は
禁じられています（ただし、著作権法上での例外は除く）。
断りなくスキャンやデジタル化することは著作権法違反に問われる可能性があります。

マガジンハウスのホームページ　http://magazineworld.jp/